신의 시간표

신의 시간표

허숭실 지음

그린아이

왜 지금 여기에 있는가

몽골사막에서 말을 타고 다니던 유기 생명체 시대에 태어나, 인간의 편익을 위해 고안해 낸 인공지능, 무기체가 인간의 삶을 지배하게 될지도 모르는 시대에 살고 있다. "나는 누구인가?" "왜 지금 여기에 있는가?" 이 물음을 안고 시간의 흐름이 만들어 낸 역사 속에서 내가 머물렀던 장소를 더듬어 보며 나를 찾아보려 한다.

역사에서 모든 장소와 시간은 교차로의 지점이다. 장소는 역사의 모체이다. 은하수 한 귀퉁이에서 돌고 있는 태양계에 속한 지구라는 작은 별에서 태어난 것이 내 운명의 출발점이다. 아직 밝혀내지 못했지만, 어느 다른 행성에도 생명체가 살고 있을지 모르는 일이다. 기억은 시간과 공간에서 동시에 존재함으로, 내 삶을 되밟아보자면 태어난 곳, 옮겨 다니며 살아온 발자취를 따라가며, 시간의 흐름 속에서 내가 속했던 장소가 어떻게 변화해 왔는가를 살펴보아야 한다.

시간은 천체 운행에 따라 정확하게 흐른다. 같은 시간이 나에겐 참기 힘들 정도로 길기도 했고 인지할 수 없을 정도의 찰나이기도 했다. 그러한 시간에 실려 역사의 한 순간, 순간을 경험하며 여기까지 왔다. 받아들이기 어려운 부조리와 참담한 일들이 반복해서 일어났다. 그러나 어떠한 상황에서도 기쁨과 슬픔은 공존했다.

장소는 토양과 문화가 각양각색이어서 삶에 다양한 영향을 미치게 된다. 지역에 따라 퍼지는 소리가 다르다. 사람은 들리는 소리에 따라서, 평화를 누리기도 하고, 고통에 시달리기도 하며, 경쟁에 휘말려 자신을 소진하기도 한다. 몽골에서는 목동이 부르는 소리에 양들이 "매애~애~" 대답하는 소리가 들렸다. 6.25전쟁이 벌어지고 있는 미아리 고개에서는 대포 소리가 진동했다. 서울의 명품 브랜드 전시장, 압구정동에서는 온갖 명품을 비교하는 소리가 메아리처럼 퍼지고 있었다. 사우디아라비아

에선 모래언덕을 만들었다가 쓸어버리는 바람 소리, 모래알이 구르는 소리도 들을 수 있었다. 그런가 하면 모스크에서 들려오는 기도 소리는 아무리 세찬 바람 소리라도 잠재우는 것을 보았다.

사람은 영과 혼과 육의 존재다. 인간에게는 공명판이 있어 그 파동에 따라 하늬바람에도 깊은 상처를 받는다. 그러나 때로는 태풍 속에서도 평화를 누릴 수 있다.

내가 살아 온 길에서 느낀 감정의 기록들은 험난한 환경에서 근근이 살아남은 우리 조상들의 목소리다. 농사를 짓고 양을 치던 시절에는 태양과 달의 움직임이 나침반이었다. 산업혁명으로 문명의 이기를 누리며 삶의 질이 향상되었다. 첨단 과학이 낳은 AI 로봇이 인간을 대신하여 많은 업무를 정확하게, 신속하게 처리하고 있다. 그 놀라운 창의로 삶은 편리함을 얻었지만 인간에게 진정한 평안을 가져다줄 수 있을까?

나를 본 적도 없고, 나를 알지도 못하는 내 손녀의 또 손녀가 할머니에 대한 까마득한 이야기를 읽고, "역사는 순간의 파장이 쌓여서 이루어진 화석이다. 그 화석에서 오늘을 볼 수 있는 나침반을 발견하기 바라면서." 이 글을 쓴다.

　나는 부모님에 관한 역사를 알려고 하지 않았고, 들었던 이야기도 희미하게 더러 기억할 뿐이다. 역사책은 서점에 가면 인류사, 종교사, 문화사, 예술사, 전쟁사, 자연과 과학사 등, 다 읽어볼 수 없을 만큼 좋은 책들이 많다. 그러나 내 가족사는 사금파리를 주워 모으듯 토막 난 기억과 친척들에게 전해 들은 이야기 속에서 겨우 꿰맞출 수 있었다. 헝겊 쪼가리를 한 조각씩 이어 붙여서 차렵이불을 만드는 마음으로 한 마디씩 써나갔다. 내가 가족사를 알고 싶었을 때엔 이야기해 줄 부모님이 곁에 계시지 않았다. 무덤의 흙을 헤치며 여쭈어 보고 싶은 마음이 간절했다. 내 아이들에게는, 나처럼 안타까운 일은 겪지 않기를 바라는 마음으로 이 어설픈 기록을 남긴다.

목 차

9

글을 쓰며 진정한 휴식을 얻다

디아스포라의 길

나는 왜 내몽골에서 태어났을까

　나는 어쩌다가 척박한 내몽골에서 태어나게 되었을까? 예술과 문화의 고장 프랑스에서 태어났더라면 내 삶은 어떠했을까? 씨앗을 어디에 뿌리느냐에 따라 수확물의 형태와 맛과 쓰임새가 달라지듯 사람도 어떤 곳에서 나고 자랐는가에 따라 운명이 판이하게 달라질 수 있다.

　내가 태어난 곳은 중국 내몽골 우란호트이다. 모래바람이 불면 집이며 양 떼며 사람까지도 온통 누런 먼지로 뒤덮여 버린다. 겨울엔 오줌발이 고드름으로 매달리는 혹독한 환경이었다. 그런가 하면 황금빛 햇살이 쏟아지는 들판에서 양 떼들이 새끼를 거느리고 풀을 뜯는 모습에선 원초적인 평화를 느낄 수 있다. 밤하늘에 매달린 주먹만 한 별들이 깜박이는 찬란한 공간은 태초의 신비 속으로 빠져들게 한다. 그런 곳에서 태어났지만, 나의 뿌리는 한반도의 땅, 평안북도 구성이다. 구성군은 신석기 시대 인류가 살았던 유물들이 발굴되기도 해서, 역사와 문화에 관심이 많고 의지가 강한 사람들이 살던 고장이었다. 8.15광복 후 신탁통치를 하기 전까지는 대한제국의 땅이었다. 그러나 애석하게도 지금은 북한의 영역이 되어 미사일을 발사하는 곳 중 하나가 되었다. 장소의 운명은 인간의 욕망에 따라 악의 웅덩이가 되기도 한다.

예나 지금이나 사람들은 부강한 나라에서 자유롭게 살기를 원한다. 자유는 인간이 최초로 추구한 본능적 소망이다. 고종황제가 다스리던 대한제국은 쇄국 정치와 당파 싸움에 매몰되어 국제적으로 고립된 상황이었다. 일본은 을사늑약에 이어 1910년, 한일병합조약을 또 일방적으로 체결하고는 본격적인 식민 정치를 자행했다. 우리나라는 주권을 완전히 잃은 이름만 대한제국이었다.

그들의 폭정에 더 이상 견딜 수 없어, 정치 이민자들과 함께 땅을 생명의 자궁으로 여기던 농민들까지도 중국 동북 지방으로 대거 이주하게 되었다. 이미 1627년 정묘호란과 1636년 병자호란 때, 포로와 인질로 잡혀간 조선인들이 동북 지방에 거주하고 있었다. 그들은 마을을 이루고 거친 벌판에 벼농사를 지으면서, '조선족이 사는 곳엔 벼농사가 있고 벼가 자라는 곳엔 조선족이 거주하고 있다.'는 전설을 만들었다. 고용살이하면서도 아이들을 공부시키던 우리 민족의 열의는 1906년, 용정에 근대식 학교 '서전서숙'을 세웠다. 조선족 학교에서는 한글과 우리 역사와 전통, 문화를 가르치며 애국정신을 고양시켰다.

나의 할아버지는 일가를 거느리고 농사를 지으며 사는

심지가 대쪽 같은 분이었다. 일제의 만행이 더 잔혹해지고 갈수록 수탈이 심해지자 1916년(?)경, 할아버지는 노모와 동생의 가족까지 모든 가솔을 이끌고 고향인 평안북도 구성을 떠나 중국으로 향했다. 할아버지가 이끌고 나온 대가족은 중국 동북 지방에 자리 잡고, 유랑민의 험난한 생활을 시작하게 되었다.

할아버지는 2남 3녀를 두셨는데, 출가한 두 딸은 구성군을 떠날 때 함께 나오지 못했던 것 같다. 아버지는 명절 때면 "북한에 계신 누님들은 어떻게 살고 있을까." 말씀하시곤 했다. 큰아버지는 1911년에 평안북도 구성에서 태어나셨고 아버지는 둘째 아들로 1919년 만주에서 태어나 철령 조선족 학교에서 교육받았다. 아버지가 태어나던 1919년에 우리나라에서는 3.1독립만세운동이 일어났다. 동북 지방으로 이주한 가족 중에 아버지만 유일하게 고국으로 돌아올 수 있었던 것은, 아버지가 태어나던 해 독립만세운동의 민족정기를 받았던 것은 아니었을까, 생각해 본다. 아버지의 결단으로 대한민국에 정착하여 삶의 뿌리를 내릴 수 있었던 것에 깊이 감사하며 품어보는 상념이다. 자녀들만은 내 나라 내 땅에서 살게 해야 한다는 어머니의 간절한 소망이 견인차가 되어 천신만고 끝에 고국으로 돌아올 수 있었다. 어머니가 주장했던 삶의 철학을 받아들여서, 우리 남매들은 그 누구도 이민하지 않고 한반도에 뿌리를 내렸다. 내가 대학생이던 시절엔 미국에 있는 신랑감이 인기가 대단했다. 그러나 나는 단 한 번도 한국을 떠나서 살고 싶다는 생각을 해본 적이 없었다.

일찍 서양 문명을 받아들였던 평안북도 선천이 본향인 외할아버지는 고향을 떠나 황량하기 그지없는 만주에 정착하였다. 외할아버지는 성품이 담대하고 용맹하여 마적들이 들이닥치면 몽둥이를 들고 나가곤 해서 식구들이 애를 태웠다. 어머니는 만주에서 셋째 딸로 태어났다. 조선인들의 정착촌에 살던 할아버지와 외할아버지 가족은 이웃사촌이었다. 어머니의 작은오빠는 아버지와 같은 학교에 다니는 친구였다. 여아를 학교에 보내지 않던 풍조 때문에 어머니는 학교에 다니지 못했다. 어머니는 작은오빠에게 글을 배우고 책을 따라 읽으며 개인 지도를 받았다. 어머니는 학교에서 공부한 사람 못지않게 해박하고, 지혜롭고, 영민했다. 이웃집 처녀를 눈여겨보던 할아버지는 외할아버지께 며느리로 주십사고 통혼하였다.

어머니의 오빠 두 분은 남경학살사건으로 희생되었다. 남경학살사건은 1937년 7월에 노구교(마르코 폴로 다리)사건으로 촉발된 중·일 전쟁이 치열해지면서, 일본 관동군이 북경, 천진 등을 점령하고 남경까지 진격했을 때 벌어진 학살 사건이다. 그 무자비한 난장판에서 무고한 나의 외삼촌들까지도 화를 당했다. 어머니는 이때 평생 흘릴 눈물을 다 쏟았다며, 생전에 한 번도 눈물을 보이지 않았다. 어머니는 우리 오 남매를 기르면서 소리 내어 밝게 웃던 모습만 기억으로 남겨주었다.

어머니는 친정 오빠의 소식을 듣고 남경으로 가서, 유골을 수습하고 유산을 정리하여 내몽골로 돌아왔다. 외할아버지와 외할머니는 콜레라로 세상을 떠나신 뒤라, 유산을 정리할 사람은 어머니뿐이었다. 아버지는 병으로 요양 중이어서 함께 갈 수 없었다. 어머니 혼자 오빠들의 유골을 안고 돌아오는 마음이 얼마나 무섭고, 외롭고 참담했을까! 남경에서 우란호트까지는 기차로도 며칠이나 걸리는 멀고 먼 거리이다. 열여덟 살 가녀린 여자 몸으로 유품을 노리는 중국인과 마적들을 따돌리기 위해서 낮과 밤으로 기차와 마차를 자주 바꿔 타야 하는 가슴 졸이는 여정이었다. 어머니가 물려받은 유산은 상당해서, 아버지 친구가 병원을 개업하는 자금으로 큰 몫을 했다.

할머니는 아버지가 12살 때 세상을 떠나셨다. 그 당시에는 토사곽란이 나면 아편을 약으로 먹어 통증을 가라앉혔다. 할머니도 복통이 심해서 아편을 복용했는데 아마도 양이 과했던지 그 길로 돌아가셨다. 할아버지는 50세 되던 해에 타지방에 가셨다가, 그곳에서 세상을 떠나서 돌아오지 못했다. 그 뒤로 아버지는 여덟 살 위인 형님과 형수님이 돌봐주어서 부모처럼 의지하며 살았다.

내가 태어나던 시대는 제2차 세계대전으로 인한 파괴와 죽음이, 전염병 퍼지듯이 지구 곳곳에서 만연하던 때였다. 육대주, 오대양이 이권과 패권으로 거의 모두 전쟁에 휘말렸다. 중립국이라고 자처하던 몇 나라도 전쟁 물자를 대주거나 스파이 역할을 했으니, 지구 전체가 전쟁을 하고 있는 셈이었다. 아버지는 작은할아버지의 부름을 받고 우란호트로 가서 몽골군의 교관으로 근무하고 있을 때였다. 조국은 일본에 빼앗기고, 유랑의 땅 중국에서 가족을 잃은 그런 상황에서 나는 세상에 태어났다. 1943년 4월에 동생 윤석이도 같은 집에서 태어났다.

몽골은 바람의 땅이다. 유리처럼 투명한 밤하늘에 모래바람이 몰아치면 별들이 바람을 타고 초원에 쏟아져 내릴 듯 이리 돌고 저리 도는 장관을 볼 수 있다. 마치 반 고흐의 「별이 빛나는 밤」을 확대해 놓은 것 같다. 겨울이 길고 바람이 세차서 짐승의 가죽으로 옷을 지어 입고 털모자를 써야 견딜 수 있었다. 몽골족은 푸른 이리와 흰 사슴의 자손이라는 전설이 전해오고 있다. 그래서인지 밤이면 밤마다 이리 울음소리가 들리고, 남정네는 가족을 안심시키기 위해 한밤중에 나가서 총을 쏘아 이리를 쫓아 버리는 게 일이었다. 콧물이 얼어서 고드름이 매달리는 혹한의 땅에서 동생과 나는 유아기를 보냈다. 동생 윤석이는 그때 걸린 축농증으로 수술도 받아 보았지만, 일생을 불편해하며 살았다. 나는 백일해에 자주 걸려, 주사 맞은 자국이 지금도 단단한 멍울로 엉덩이에 남아 있다. 내몽골에서 주치의였던 의사 선생님을 서울에서 만났을 때의 반가움은 뭉친 멍울이 녹을 정도였다.

아버지 발자취를 찾아서

아버지는 불모의 땅 내몽골에서 9년을 지냈는데, 우란 호트에서는 4년을 살았다. 내가 태어난 곳을 눈으로 보고 발로 밟아보고 싶어서, 2005년 8월에 내몽골 우란호트를 찾아 나섰다.

보숙 언니네 집에서 명자 언니랑 며칠을 지내고 사촌 동생 허임이랑 대련역에서 기차를 타고 우란호트를 향해 열세 시간 동안 대륙을 향해 달려갔다. 허임은 역을 지날 때마다 그곳에 얽힌 역사를 설명해 주었다. 허씨 가문의 장손답게 뚝심이 있고 해박했다.

시간에 쫓기던 일상에서 벗어나 선로 위를 달리고 있는 기차 안에 갇히자, 시공을 넘나들며 60여 년의 세월 속에 녹아 있는 기억들이 두서없이 이어졌다. 털가죽 옷에 말채찍을 들고, 산처럼 쌓아 올린 돌무더기 앞에 서 있는 아버지, 땔감에 쓸 긴 수수깡 대를 끌며 토방집 앞에 다다른 어머니, 고증을 위한 역사책에나 수록될 옛 사진들이 떠올랐다. 그 사진을 보여줄 때마다 어머니는 "아버지가 적어놓은 육아일기에는 처음 깎은 네 손톱과 코

딱지도 붙여 놓았는데." 하시며 그것을 나에게 보여주지 못하는 것을 아쉬워했다. 덜컹거리는 기차 리듬에 몸을 맡기고, 저세상으로 떠난 윤석이와 어머니, 아버지 생각에 가슴이 먹먹해졌다.

기차 특실은 2층 구조로 통로를 사이에 두고 침대가 서로 마주 보게 되어 있고, 창가 탁자에는 차를 마실 수 있는 잔과 보온병이 놓여 있다. 천장에 매달린 선풍기가 스륵스륵 소리를 내며 돌다가 멈추었다. 역무원에게 연락했으나 도착할 때까지 수리해 주지 않아서 찜통 같은 더위 속에 누워 있어야 했다. 허임이 통역도 하며 곁에 있었지만, 낯선 여행길이 두려웠다. 다행히 이층 침대칸의 남자 승객은 누운 채 책을 읽고 있어서 서로에게 방해가 되지 않았다. 그러나 일반 객실 손님들은 웃통을 벗고 오가며 밤새도록 와자지껄하게 소란했다. 칠흑같이 깜깜한 밤에 세차게 쏟아지는 빗줄기는 차창이 깨어질 듯 두드렸다. 어릉거리는 창밖에 윤석이가 보이는 것 같아 벌떡 일어나 앉았다. 우리 남매가 태어난 집을 찾아가면서 함께 가지 못하는 애석함에 그의 환상이 보인 것 같았다.

새벽에 내몽골 백성자역에 도착했다. 짐을 X-ray 검색대에 밀어 넣고 귀빈 대기실이란 곳으로 들어갔다. 5우웬을 지불하고 들어간 귀빈 대합실은 촉수가 낮은 전등을 켜 놓아서 어둡고 썰렁했다. 귀빈 대합실 문이 곧 개

찰구라 바로 나갈 수 있는 특권이 주어진 곳이었다. 화장실은 여덟 명이 나란히 앉아서 볼일을 보아야 하는 옛 공동변소였다. 튀르키예(터키)의 에베소 유적에서 보았던 옛날 공동변소의 모습과 똑같았다.

역으로 마중 나온 영록 당숙은 웃는 모습이 아버지와 닮아서 아버지를 뵌 듯 반가웠다. 당숙의 둘째 아들 충성이가 운전하는 산타페를 타고 우란호트 시내로 달려가는데, 자전거에 짐을 잔뜩 실은 사람들 모습이 희끄무레하게 보였다. 이른 새벽부터 고단한 삶을 시작하는 군상들이었다. 이곳이 아버지가 다니던 몽골의 길인가 생각하니, 새벽안개가 내 가슴으로 몰려드는 듯 젖어왔다. 마차 대신 현대자동차에서 만든 산타페를 타게 될 줄은 상상도 못 했기에 더욱 반갑고 놀라웠다. 이념의 갈등으로 막혔던 철의 장막은 열리고, 대한민국이 만든 현대자동차를 내몽골에서 타는 세상이 되었다.

내몽골은 중국에서 세 번째로 큰 행정 구역으로 1947년 중국 공산당 행정 개혁을 할 때 내몽골 자치구가 되었다. 내몽골 적봉시, 흥안맹 등 동북부 지역은 한족과 유목민의 역사보다 다른 민족들이 활동해 온 역사가 더 유구하다. 적봉시는 요나라 때 전쟁으로 끌려간 고려 유민들이 모여 살던 곳이다. 우란호트는 흥안맹의 행정 수도였으나 1955년 행정 수도를 훅호트(울란바토르)로 옮겨

갔다. 우란호트에는 칭기즈칸의 무덤인 왕야묘가 있어서 예전에는 왕야묘라 불렀다. 그러나 아직도 칭기즈칸의 시신은 어디에 묻혔는지 알려지지 않았다. 왕야묘 기념관에는 칭기즈칸의 어머니 초상화와 아내 초상화들이 벽에 걸려 있고, 유품이 전시되어 있다. 칭기즈칸이 몽골고원에 제국을 세우고 세계를 제패할 수 있었던 원동력은 어머니의 강인한 교육과 아내의 전폭적인 내조였음을 증언하는 것 같은 분위기가 기념관을 가득 채우고 있었다.

할아버지가 고향을 떠날 때 동행했던 작은할아버지 일가는 지금도 우란호트에 살고 있다. 작은할아버지 자손들은 그곳에서 크게 번성하여 여전히 우리말을 쓰고, 우리의 고유한 음식을 먹으며 한국인으로 살고 있다. 30여 명이나 되는 직계 자손들은 각계 요직에서 존경받으며 사는 모습이 당당해 보여서 참으로 흐뭇했다. 작은할아버지는 내몽골 조선족을 위하여 많은 업적을 남겨 『내몽골 소수민족 역사책』에 수록되어 있다. 몽골의 청정한 밤하늘에서 빛나는 별들처럼 그 자손들도 오래도록 한국의 얼을 빛낼 것이라 기대된다. 언어와 음식은 국가와 민족을 상징하는 근본적인 표상이다. 중국에 이민한 지 백여 년이 되었지만, 아직도 한국어로 말하고 된장을 담가 먹으며 살고 있는 친척들 모습에 감격했고, 고마움에 가슴이 뜨거워졌다. 숙부님 댁에 도착하니 숙모님께서 새벽

공기가 차고 선뜩하다며, 준비해 두었던 내의를 건네주어서 받아 입었다. 8월 말이었는데 과연 몽골은 추운 곳이라는 사실을 실감했다. 아침 식탁에 오른 가지나물과 잘 삭은 된장을 보자, 기억의 저 밑바닥에서 아련한 그림이 떠올랐다. 밥솥에 쪄낸 가지를 잘게 찢어서 노란 된장을 찍어 먹던 어릴 적 밥상이었다. 숙모님이 정성을 다해 차려 준 진수성찬 중에서 유독 가지나물에 손이 갔다.

우리 남매가 태어난 평토방 흙집은 헐리고 그 자리에 6층짜리 건물이 6차선 도로변에 세워져 있었다. 길 건너편에 아버지가 근무했던 2층짜리 건물은 퇴락한 채 방치되어 있었는데, 곧 헐릴 것이라 했다. 아장아장 걸어서 아버지 사무실을 찾아가곤 했다는 어머니 말씀을 떠올리고, 아버지 책상이 어디쯤 있었을까, 상상하며 퇴락한 건물 내부를 샅샅이 둘러보았다.

당숙네 친척들은 오순도순 이웃으로 살던 옛집에 나무빗장을 질러서 비워둔 채 시내 아파트에서 살고 있었다. 중국에서는 평토장을 하는 풍습이라 봉분 있는 무덤을 볼 수 없었다. 작은할아버지와 할머니의 묘소를 찾아갔으나 평평한 바닥에 비석 대신 돌판을 묻어 놓아서 세월이 지나면 후손들이 어떻게 찾을까, 염려되었다.

몽골의 초원은 드넓고 아름다웠다. 보라색 모래언덕이 지평선에 기다랗게 닿아 있었다. 초원에선 소와 양, 염소, 거위들이 한가로이 풀을 뜯고 있었다. 그 평화로운 모습을 사진에 담으려고 가까이 가자 "매애~ 애~" 여기저기서 울기 시작했다. 울음소리를 들은 어미들이 득달같이 몰려와 새끼들을 둘러싸고 저쪽으로 가버렸다. 거위들도 뒤뚱거리며 같은 방향으로 달아난다. 목동은 내가 풍기는 도시의 냄새 때문이라고 했다. 아르갈 향과 풀 향기만 맡으며 살아온 그들에게 세속의 냄새는 역했던가 보다. 나는 미안해서 도망치듯 초원을 벗어났다.

당숙부가 수전국水電局에 근무할 때 관리하던 저수지를 보러 갔을 때였다. 몽골 처녀들이 사탕수수를 벗겨 먹다가, 나에게도 하나를 주며 맛보라고 했다. 들척지근한 맛이었지만 싱그러운 향을 느낄 수 있었다. 아직도 자연산을 먹으며 즐거워하는 몽골 처녀들은 깊은 계곡에 피어난 야생화 같았다.

아버지가 살던 시절에는 양을 수만 마리씩 기르는 사람들이 많았다. 양의 수를 셀 때는 골짜기를 저울 삼아 골짜기에 양을 몰아넣었다가 몰아낸 뒤 다른 양을 또 몰아넣고 하면서 양을 세었다. 수천 마리의 양들이 떼를 지어 몰려들고 또 우르르 몰려 나가는 모습, 상상만 해도 장관이다. 양은 일 년에 두 번 털을 깎는다. 털 깎을 때가되면 가난한 친구들은 가위만 들고 모여든다. 사람들이 모여서 며칠 동안 털을 깎는데, 주인은 도와주러 온 사람들이 필요한 대로, 털도 주고 고기도 나누어 준다. 그래서 몽골에는 도둑이 없었다. 몽골인은 사냥을 좋아해서 여우 가죽, 범 가죽을 모아두었다가 소가죽, 양털, 다과씨 등과 함께 이삼 년에 한 번씩 북경으로 팔러 간다.

넓은 들판에 끝없이 펼쳐진 해바라기밭을 보자, 아버지가 말씀하셨던 '다과' 밭 이야기가 생각났다. "몽골의 사막은 여름엔 섭씨 40도가 넘어 신을 신고도 발이 뜨거워서 있을 수가 없단다. 말을 타고 사막길을 가다가 목이 마르던 참에 모래밭에 수박밭이 있는 것을 발견했지. 그곳 사람에게 물으니 다과 밭이라며, 마음대로 따먹어도 된다고 하였다. 작은 수박같이 생겼는데 주먹으로 탁, 치면 두 쪽으로 쪼개지더라. 손가락으로 잘 익은 속살을 건져 올려 씨를 털어 내고 먹었는데, 박 속에 남은 물은 달고 시원하더라. 사막에서 생명수를 만난 것처럼 고마웠단다. 주인은 다과 씨를 거두기 위해 재배하므로 물을 마시고 씨는 반드시 박 속에 남겨 두어야 한다고 하더라. 목마른 나그네에게 물을 마시게 하고 주인은 저녁에 포대를 들고 나와 박속에 있는 씨를 담아가면 추수는 저절로 된다니 참으로 아름다운 풍속이더구나. 중국에서 손님에게 대접하는 '꽈절'이 바로 다과 씨를 볶은 것이란다."

영록 당숙에게 물으니, 이제는 다과를 재배하는 사람이 없어서 해바라기씨를 꽈절 대신 먹는다고 한다.

혈육이란 이런 것인가

아버지의 흔적을 찾아서 내몽골로 가는 길에 먼저 중국 심양에서 정자 언니네, 큰어머니와 임이네, 창이네를 방문했다. 그리 멀지 않은 왕쟈황에 살고 있는 영순 고모도 찾아갔다. 본계本溪에서 자리잡은 명자 언니와 대련에 사는 보숙 언니 등 사촌 언니들, 남동생들, 조카들을 차례대로 방문했다.

큰어머니는 밤새도록 내 손을 꼭 잡고 주무셨다. 손을 놓으면 엄마가 멀리 가버릴까 봐 걱정하는 어린아이처럼 나는 큰어머니의 손에 자주 힘을 주어 확인했다. 큰어머니가 빚어 준 만두가 엄마가 만들어 주던 만두 맛과 흡사해서 반갑기도 하고 엄마 생각에 목이 메기도 했다. 할머니 정을 모르고 살아왔는데 큰어머니에게서 푸근하고 편안한 사랑을 느끼며 얼굴도 모르는 할머니가 느껴졌다.

정자 언니 남편은 조선족 중·고등학교 선생으로 일생을 살아온, 공산주의 사상이 투철한 분이었다. 정자 언니가 살고 있는 중국 소도시의 가옥은 현관에 들어서면 마루를 깐 작은 공간이 있다. 그곳이 거실이어서 탁자와 의

자들이 놓여 있고, 그 안쪽으로 걸터앉을 수 있는 높이로 방을 만들어, 낮에는 가족들이 그 방에 모여 지낸다. 침실 두 개와 부엌이 있고, 텃밭이 있는 작은 정원이 있다. 형부가 교사직에서 은퇴했지만, 관사로 살던 집에 계속해서 살고 있었다. 인품이 고상하고 책임감이 투철한 정자 언니는 홍위병 사건 등 어려운 고비마다 지혜롭게 대처하며, 가족들을 지켜왔다. 집안의 대들보답게 헌신해 온 정자 언니가 존경스럽고, 자랑스러웠다. 정자 언니는 옛 이야기를 들려주려고 밤에도 내 곁을 떠나지 않고 함께 주무셨다.

영순 고모네 집은 마당이 넓었다. 셰퍼드 서너 마리가 울타리 안에서 반갑다고 꼬리를 흔들어 댔다. 개를 좋아하는 나는 큰 개들을 얼싸안고 고모께 인사도 드리기 전에 먼저 개들과 놀았다. 그런데 고모는 나에게 개를 잡아서 대접하겠다고 했다. 나는 기겁을 하며 사양했지만 "네가 모르는 개를 잡을 테니 걱정하지 마라." 하고는 기어이 푸짐한 상을 차려내었다.

고위급 군인이었던 남편은 세상을 떠나셨고 아들 내외와 함께 사는 명자 언니는 유일한 기독교인이었다. 명자 언니가 살고 있는 본계에는 자연동굴 번시수이동本溪水洞이 유명해서 많은 관광객이 몰려들었다. 아버지가 1986년에 가셨을 때도 그 동굴을 보고 경탄하셨다던 이야기를 들으며 동굴을 답사했다. 명자 언니의 막내딸이 근처에 살고 있어서 그들 안내를 받으며 극진한 대접을 받았다.

보숙 언니 남편은 동북민족학원 부총장으로 재직하였고, 언니도 초등학교 교사여서 서재에 책이 가득했다. 부총장 사택이라 꽤 넓고 편리한 아파트였다. 보숙 언니는 새벽에 시장에서 싱싱한 식자재를 사다가 요리를 해주었다. 나는 곁에서 구경하며 요리법을 배우기도 했다. 명자 언니 둘째 딸은 대련외국어학원에서 일본어를 가르치는 교수여서 명자 언니는 자주 대련에 와 있었다. 보숙 언니는 마침 와 계시던 명자 언니도 모시고 대련의 명소를 두루 구경시켜 주었다. 중국 요리 중에서도 채소로 만든 특이한 음식들을 대접받았다. 싱가포르에서도 먹어 본 적이 없는, 중국 요리라고 느껴지지 않는 깔끔한 맛이었다.

60년 만에 처음 만나는 혈육과의 상봉은 흥분과 기쁨으로 꿈인지 현실인지 분간되지 않는 몽롱한 시간이었다. 혈육이란 이런 것인가? 처음 만난 친척들이 전혀 낯설지 않고 반가운 데다 따뜻함을 느낄 수 있어서 마냥 기대고 싶고, 안기고 싶었다. 그들은 온 정성을 다해 분수에 넘치도록 대접했다. 한국에서 친척이라곤 한 명도 없이 외롭게 살다가 큰어머니, 고모, 사촌 언니, 사촌 동생, 조카 등을 불러볼 수 있어서, 타임머신을 타고 옛날 옛적 고향마을로 돌아간 듯 정겨운 분위기에 잠겼었다.

고국으로 돌아가는 길에

고국을 향해 한 발짝씩

유대 민족이 애굽의 노예 생활에서 벗어나 가나안 복지를 찾아가던 장장 40년의 여정과 중국에서 더부살이하던 디아스포라들이 고국으로 돌아가는 고난의 지도가 눈앞에 길게 겹쳐진다.

제2차 세계대전에서 일본이 머지않아 패망하리라는 것을 예측하고, 살던 집과 직장도 다 버리고 고국을 향한 길로 나섰다. 우리는 큰아버지 가족과 함께 고국에 좀 더 가까운 봉천성 강평현으로 이주했다. 우란호트에서 강평까지 그 기나긴 노정을 마차로 열한 명이나 되는 대가족이 이동한다는 것은, 전쟁터에서 총알을 피해 다니는 것만큼이나 아슬아슬하고 위험했다. 마을이 보이면 찾아들어가 하루이틀 쉬면서 양식을 보충하고, 무엇보다 말들에게 사료를 충분히 주고 쉬게 해야 했다. 큰 도로가 계속 이어지는 것도 아니어서 산속이나 숲속을 지나야 했는데, 마적들이 숲이나 산에 숨어 지내면서 강탈을 일삼았다. 여자와 아이들을 보호하기 위해서 그들이 원하는 것들을 망설임 없이 내주곤 했다.

마침내 1945년 8월 15일, 일본이 연합군에 항복하고, 우리나라는 광복을 맞았다. 강평에는 우리 교민이 많이 살고 있어서, 아버지는 생명과 재산을 보호하기 위한 한국교민회를 조직하였다. 중국 국민당 정부의 장개석 총통 명의로 된 포고문 제1호 '재중 조선인의 생명과 재산을 보호하라.'는 인쇄물이 곳곳에 나붙었다. 국민당의 포고문을 본 교민들은 응원군의 지지를 받은 양, 이제 고국으로 돌아가는 일만 추진하면 되겠다는 희망에 부풀었다. 그러나 안도의 숨을 쉴 사이도 없이 다시 해방군 총사령관 주덕 명의로 '재중 조선인 생명과 재산을 보호하라.'는 포고문 제1호가 또 나붙었다. 정세 판단을 할 사이도 없이 장개석이 이끄는 국부군이 왔는가 하면, 어느새 공산당이 주도하는 팔로군이 들어오는 격변의 상황이 반복되었다. 제2차 세계대전이 종식되었으나 중국은 더 극심한 혼란의 도가니였다.

　큰아버지는 딸 정자, 명자, 보숙, 춘자와, 아들 임이, 용이, 창이, 이렇게 일곱 남매를 모두 중국에서 출산했다. 학령기가 되자 정자 언니는 조선족 학교에 다니기 위해 우란호트 시내에 있는 우리 집에서 살고 있었다. 어느 날 정자 언니가 비누를 '세껭'이라고 하다가 아버지에게 호되게 꾸지람을 듣고 다시는 일본말을 쓰지 않았다고 한다. 정자 언니는 그날의 교훈이 중국에서 조선족의 금지를 품고 일생을 살게 한 것이라고 이야기했다.

나는 어려서부터 김치를 좋아해서, 마당에 묻어둔 김칫독을 열고 김치를 꺼내 먹다가 그만 독 안에 빠졌다. "엄마~엄마~" 소리 지르는 아이는 보이지 않고 두 발만 버둥거리는 것을 정자 언니가 꺼내주었다. 가난하던 시절 군것질거리가 없어서 김치를 몰래 꺼내 먹다가 벌어진 광경이었다.

그 시절에도 특별 간식은 있었다. 겨울에는 똘배를 영하 30도가 넘는 마당에 내놓아 얼린다. 그렇게 얼린 배를 냉수에 담가놓으면 얼음은 배 밖으로 나와 배를 둘러싼 모양이 된다. 그때 얼음을 깨버리고 배를 먹으면 달고 사각사각하다. 교만한 사람도 어려운 고비를 겪으면서 인품이 원만한 사람으로 거듭나기도 하는 것처럼, 똘배도 얼음을 통과하면 꿀배가 될 수 있었다. 삥탕홀루는 메추리알만큼 큰 찡꽝이山渣를 대꼬챙이에 네댓 개씩 꿰어서 끓인 설탕물에 담갔다가 얼린 것이다. 이것을 따뜻한 난로 가에서 한 알씩 뽑아먹는 재미가 쏠쏠했다. 요즈음 인사동 거리에서 불티나게 팔리고 있는 탕홀루는 삥탕홀루에서 기인한 간식이 아닌가 싶다.

찹쌀이나 찰기장을 씻어서 하룻밤 이불로 덮어놓았다가 가루로 빻아서 반죽한다. 팥을 듬뿍 넣고 주먹만 하게 빚은 떡을 쪄서 광주리에 담아 문밖에 내놓으면 꽁꽁 언다. 이것을 떨보우豆饱라 한다. 출출할 때 떨보우를 솥에 쪄서 돼지기름을 발라 먹던 그 고소한 맛은 잊을 수가 없다. 아버지는 고국에 돌아와 누상동에서 살던 때, 겨울이면 떨보우가 먹고 싶다고 어머니와 이야기하곤 했다.

전후의 난장판에서 교민회 기능은 정지되고, 오직 사태를 관망하며 불안한 나날을 보내야 했다. 단번에 귀국하기가 어렵게 되었고, 마적들이 수시로 습격하던 때라 집단 이동은 위험천만한 길이었다. 그러자 큰아버지는 우리 가족만이라도 귀국길을 서두르라고 했다. 큰아버지는 인품이 호방하고 후덕해서 중국인들의 존경과 신임을 받고 있었다. 덕분에 중국인들이 호위해 주어서, 우리는 강평현에서 무사히 철령현, 난석산에 도착하였다. 한 걸음이라도 고국 땅에 더 가까이 가려는 몸부림이었다.

새 생명의 둥지 난석산亂石山

난석산은 한국 교민들이 모여 사는 작은 촌락으로 높은 것은 나무들뿐인 야트막한 마을이었다. 아버지는 그곳 유지인 이종겸 장로의 도움과 김진식 교장의 호의로 난석산 조선족 학교에서 교사로 근무하게 되었다. 내몽골에 살던 때, 조선족 학교에 학생이 3명, 교사는 1명이어서 폐교한다는 통지를 받고, 아버지는 서둘러 학교 후원회를 조직하였다. 학생 모집을 하여 학생 8명, 교장 선생님 한 분을 초빙하고, 학교 유지비는 교민들이 절반을 부담한다는 조건으로 학교를 살렸던 적이 있었다. 그때의 경험을 살려 난석산에서 동신중학교를 설립하고, 학령기가 지난 청년들을 위해 야간 중학교도 세우고, 부녀자 야학도 했다. 청년회를 조직해서 자위 자경하며, 인근 부락 수천 호가 안정된 생활을 할 수 있도록 힘을 모았다. 교민 모두의 소원은 고국으로 돌아가는 것이어서, 교민회에서는 고국과 교섭하며 귀국 방안을 계속 모색하였다.

고국으로 향하던 길에 강평에서 태어난 둘째 남동생은 난석산에 도착한 지 며칠 만에 홍역으로 세상을 떠났다.

어머니는 엎드려서 울고 아버지가 아기를 품에 안고 오래도록 울더니, 다음날부터 동생 기훈이는 보이지 않았다. 처음 목격한 죽음이었다.

우리 가족은 그곳에서 복음을 받아들였으니 난석산 교회는 새 생명의 둥지였다. 아버지는 교회에서도 주일학교 교사로 봉사했다. 예배당의 모습은 마루에 빼곡하게 앉아서 예배드리던 것만 기억나는데, 어머니를 따라 교회에 가는 것을 좋아했다. 나는 주일학교에서 성경을 암송하고, 성탄절 연극에 출연하기도 했다. 그 당시 교회는 교민들의 집결지로서, 나라를 빼앗긴 백성들에게 독립을 꿈꾸게 했고, 소망과 위안을 안겨주는 영혼의 전당이었다. 우리 가족에게는 영적인 고향이어서 난석산을 생각하면 서광이 환하게 비치는 지평선이 떠오르곤 한다.

팔로군이나 몽골군이 수시로 마을을 휘젓고 다니며 주민들을 괴롭혔다. 내몽골에서 몽골군의 교관으로 근무한 적이 있는 아버지는 몽골어와 중국어로 군인들을 달래고 때론 꾸짖어서 돌려보내곤 했다. 마당에서 동생 윤석이랑 병아리들과 놀고 있을 때였다. 팔로군이 지나가다가 총을 한 방 쏘고는 빈 총알 껍데기를 윤석이에게 주며 덥석 안았다. 나는 무서워서 병아리 우리 안으로 들어가 숨었다. 어머니는 학교로 달려가서 아버지에게 알리고, 팔로군으로부터 동생을 찾았다. 어린 동생은 팔로군이 무서운 줄도 모르고 총알 껍데기가 신기하여 꼭 움켜쥐고 있었다.

　우리는 교장 댁 앞집에 살았다. 우리 집은 쪽마루에서 문을 열면 위 칸, 아래 칸이라 부르는 방이 두 개 있었다. 위 칸에서 사람이 살고 아래 칸에는 쌀이나 조, 옥수수를 넣어 두었다. 교장 선생님의 둘째 딸 경순이는 내 생애 첫 동무가 되었다. 경순이랑 우리 집에서 놀다가 눈이 많이 내려 눈을 헤치고 갈 수 없는 날에는 함께 잘 수 있어서 눈이 더 많이 내렸으면 했다. 아침에 어른들이 눈을 치우고 길을 내주어야 갈 수 있었다. 그렇게 우정은 쌓이고 쌓여 지금까지도 자매처럼 다정하게 지내고 있다. 교장 댁에서 옥수수에 팥을 넣고 끓인 옥수수팥죽을 처음 먹어 보았다. 구수하고 달콤하던 그 맛은 마음이 허전할 때면 그리워지곤 한다. 난석산 조선족 학교에 근무하는 정 선생님 혼인예식을 올리는 날이었다. 경순이와 나는 신랑 신부 앞에서 바구니에 담긴 꽃을 뿌리며 꽃길을 만들었다. 우리는 여섯 살 동갑내기여서 쌍둥이처럼 보였다. "우리도 이담에 이렇게 혼인식 하자."고 속삭였던 아기 들러리들은 20년 후에, 서울에서 한 지붕 두 가족으로 신혼 시절에 함께 살았다. 어릴 적 간절한 소망은 어떤 형태로든 꿈을 이루어 가는 에너지를 품고 있었다.

천진에서 수송선을 기다리며

고국으로 돌아가는 길이 마냥 지체되고 있었다. 중국 국부군은 봉천 시가만 장악하고, 만주 땅 전부를 팔로군에게 넘겨주었다. 봉천에 잔류한 국부군 요인들도 비행기로 속속 빠져나갔다. 상황이 이에 이르자 한국 교민회 연합회에서는 대표를 서울로 파송했다. '재만 한국인 귀환 문제'를 수차 교섭한 결과, 미군정 시대 한국 정부에서 미국 수송기를 주선해 주어 귀국을 희망하는 교민들이 봉천에서 천진까지 비행기로 이동할 수 있었다. 마차만 타다가 비행기라는 걸 처음 보니 신기하고 무서웠다. 독수리를 어마어마하게 부풀려 놓은 것 같은 쇳덩어리가 하늘을 날아서 우리를 데려간다는데, 저 무거운 것이 어떻게 날아오를 수 있을까? 비행기가 움직이기 시작하자 어지럽고, 토하고, 죽을 것만 같았다. "다시는 비행기 타기 싫어요." 아버지께 매달리며 어리광을 부리던 그때가 그립고 그립다.

천진에서 인천으로 갈 수송선을 기다리는 날들이 기약 없이 길어졌다. 천진은 높은 건물들이 즐비한 큰 도시였다. 임시로 거처하던 숙소는 몇 층인지, 계단을 걸어서 올라갔다. 좀 어두컴컴한 계단을 오르려면 무섬증이 나고 숨이 턱에 차곤 했다.

어느 날 열이 나고 토하면서 앓아누워 있을 때였다. 난로 위 주전자에서 쉭쉭 소리를 내며 물이 끓고 있었다. 물 끓는 소리가 점점 커지더니, 이리 떼가 울부짖는 소리가 되어 메아리치며 집 안을 빙빙 돌았다. "엄마, 엄마." 부르며 손을 휘젓는 아이를 어머니는 꼭 껴안고 "괜찮아, 쉬~이, 다 달아났어." 어머니의 그 속삭임이 명약이었다. 내몽골에서 밤이면 들렸던 이리 울음소리가 사라졌다. 언제 그랬냐는 듯 쌔근쌔근 잠들 수 있었다. 지금도 열이 오르고 아플 때면 물 끓는 소리 환청에 시달리곤 한다.

아버지는 날마다 환국 교민들 승선 준비로 바빠서, 어머니는 우리 남매를 데리고 거리 구경을 하곤 했다. 천진에 오니 신기한 것이 많았다. 중국인은 냉수를 마시지 않는다. 그래서 한여름이 아니면 어느 집에서나 물 끓는 소리를 들을 수 있다. 여름에 난로를 피울 수 없을 정도로 무더울 때엔 끓는 물을 사서 마신다. 거리에는 '삑삑 빽빽' 요란하게 고동 소리를 내며 물을 끓여서 파는 물장수가 다닌다. 물 온도가 높아지면 증기기관차 기적소리같이 '삑삑 빽빽' 하는 음향이 먼 데까지 들린다. 재미있는 중국의 여름 풍경이다. 중국인은 하루에 몇 차례씩 땀을 흠뻑 흘리면서 차를 마신다. 기름진 음식을 먹으면서 따끈한 차를 마시면 기름기를 녹여내고, 각각의 음식 맛을 제대로 음미할 수 있도록 입안을 헹구는 역할도 한다. 그들은 기차에도 고급 객실에는 보온병을 비치해 두고, 큰 상점에 들어가면 손님에게 차를 먼저 대접하고 상품 흥정을 한다.

거리에 나가면 삔단扁担이라는 막대를 한쪽 어깨에 걸치고 통을 매단 채 뒤뚱뒤뚱 걷는 사람들을 볼 수 있었다. 그는 물통을 나르는 것이 아니고 떡을 차곡차곡 담은 바구니를 메고 가는 떡장수였다. 어느 날 어머니는 떡장수를 불러, 꼬치에 뀐 경단 모양의 달콤한 떡을 동생과 내게 사주었다. 한국으로 돌아와 경단을 먹을 때면, 떡장수를 부르던 어머니의 낭랑한 목소리가 떡의 달콤함보다 먼저 맴돌곤 했다.

고국에 첫발을 딛다

대한민국에서 시작하는 삶

고국에 돌아오신 아버지는 난석산에서 지내던 시절이 가장 보람 있고 봉사의 기쁨을 만끽할 수 있었다고 회고했다. 그곳에서 예수님을 영접했고, 학교를 세우고 공부할 시기를 놓친 학생들을 모아 가르칠 수 있었다. 또한 난석산 지구의 교민들 귀국 수속과 인솔 책임을 맡아, 700여 명의 교민 송환을 도왔다. 그러나 정작 큰아버지 가족과 작은할아버지 일가는 함께 오지 못했다. 곧 뒤따라올 것으로 생각하고 작별의 인사도 나누지 못한 채 이산가족이 되었다. 40년을 생사도 알 길이 없는 철의 장막에 가로막혀 애타게 그리워하며 명절 때마다 아버지는 눈물짓곤 했다.

1947년 제2차 환국 교민은 요령 지구에서만 1만여 명이나 되었다. 천진에서 인천까지는 일본 선박을 보내주어 교민들을 수송하게 되었다. 천진항만에는 수송선을 타려는 사람들이 운집해 있었다. 그 선박은 천진에서 보았던 높은 빌딩보다 더 큰 배였다. 배에 오른 사람들은 고국을 떠나온 지 수십 년이 지났거나, 모국의 흙냄새도

맡아보지 못한 교민 2세, 3세들이었다. 서러운 타향살이를 정리하고 고국으로 돌아간다는 기쁨을 안고 배에 올랐으나, 태고의 땅처럼 낯선 세상과 다를 바 없는 곳을 향해 가는 마음엔 불안함이 먹구름처럼 밀려왔다. 희망과 불안이 교차하는 사람들을 가득 싣고 선박은 거친 파도가 일렁이는 바다 위로 힘겹게 흘러갔다.

중국 천진항에서 떠난 수송선은 여러 날 격랑을 헤치고 드디어 인천항에 닿았다. 바다의 출렁거림이 잦아들고, 배의 진동도 멎었다. 맵고 차던 바람도 잠이 들었다. 하늘은 물로 희석된 듯 엷은 쪽빛이었다. 머리 위로 내려앉는 햇살은 따뜻했다. 어머니는 하늘을 올려다보고 활짝 웃으며 우리 남매를 끌어안았다. 아버지는 교민들 인솔하는 일을 아직도 계속하고 있었다. 사람들은 짐 보따리를 양손에 들기도 하고, 등에 메기도 한 채 줄을 지어 내렸다. 어딘가로 밀려간 곳은 난민 수용소였다. 인천 난민 수용소에서 디디티를 온몸에 뒤집어쓰고, 정착할 곳을 기다리는 날들이 이어졌다. 철부지에 한창 장난꾸러기였던 아이들은, 만주에서 한동네에 살던 동무들과 수용소에서 함께 지내는 것이 마냥 재미있었다. 쌓인 짐 보따리 사이로 다람쥐처럼 숨바꼭질하다가 디디티로 허옇게 된 머리를 서로 손가락질하며 키드득거렸다. 아이들에겐 어른들의 근심 어린 얼굴도 그저 든든한 요새처럼 보였다.

그리워하며 기대하던 조국에 돌아왔으나 고국에는 기댈 만한 친척도, 반겨줄 친구도 없었다. 아버지 어머니의 본향은 평안북도여서 서울에는 아무 연고도 없었다. 내 밭이라고 밟아볼 땅 한 뙈기, 짐을 풀고 누울 수 있는 방 한 칸도 없었다. 가장 의지하며 가깝게 지냈던 김진식 교장 선생님은, 경기도 양평국민학교 교감으로 배정받고 양평으로 가셨다. 어머니는 대한민국의 심장부인 서울에서 아이들을 길러야 한다고 주장해서, 우리는 숭인동 난민 천막촌으로 옮겨갔다. 환국 교민들이 사는 천막은 가운데 통로를 두고 양쪽으로 여러 세대가 마주 보고 살았다. 그 천막에서 함께 살던 소년이 장성하여 개척교회 목사가 되었다. 아버지는 귀국 초기에 창신교회 주일학교에서 가르쳤던 그 소년을 목사님으로 오래도록 섬겼고, 그 교회에서 장로로 장립되어 봉사했다.

가능성과 혼란이 교차하는 도시, 서울에 입성했으나 직업도 없고 친지도 없어 살길이 막막하기만 하였다. 도시 난민의 삶이 시작되었다. 근처에 있는 창신교회를 찾아갔다. 그곳에는 귀국한 교민들이 많이 모여 있었다. 그들은 전쟁과 죽음의 소용돌이에서 구사일생으로 살아남은 자들로, 온갖 경험과 처절한 기억을 품고 있는 사람들이었다. 고국에 돌아올 때까지 겪었던 일들을 이야기하며 기도로 시간을 보내고 있었다.

이제는 내다 팔 것도 없어 끼니 걱정을 하는 지경에 처했을 때, 도움의 손길을 주실 분이 나타났다. 중국에서 교민들 귀국시키는 일을 함께 해왔던 철령 교민회 회장 한동해 장로에게서 연락이 왔다. 그는 당시 외무부 차관으로 있는 아우(한필제)가 있고, 그의 매부(이창수)는 공보처 국장으로 재직하고 있었다. 그분들의 주선으로 아버지는 1948년에 대한민국 정부에서 공보처 공무원으로 삶을 시작할 수 있게 되었다. 고국에서 만난 첫 은인들이었다. 아버지는 감사의 마음을 평생 지니고 사셨다. 그분들의 이야기를 자녀들에게 기록으로 남겨 놓았다.

정부에서는 환국 교민들에게 퀀셋Quonset을 지어 주어서, 반원형 막사였으나 집 없는 설움을 겪지 않고 안주할 수 있었다. 정릉에 있는 퀀셋 마을은 숭인동 난민 천막촌에서 옮겨온 교민들과 38선을 넘어온 피란민들이 모인 가난한 동네였지만, 집집마다 활기가 넘쳤다. 내 나라 내 집에서 두 다리를 쭉 뻗고 잠들 수 있는 자유와 안정을 누리게 되었다. 아버지는 그때부터 동아일보를 구독하고 고국에서의 삶을 체득하기 시작했다. 6.25전쟁이 나자 부엌 바닥을 파고 책과 신문을 상자에 차곡차곡 넣어 깊이 묻던 아버지 모습이 기억난다.

창신국민학교 시절

숭인동 난민 천막촌에서 살던 때 새 학기가 되자, 1948년 4월에 창신국민학교(오늘날의 창신초등학교) 1학년으로 입학했다. 만주 난석산에 살던 시절에 조선족 소학교에 잠시 다녔지만, 한국에서 새로운 출발을 했다. 창신동은 8.15광복 전에 부호들이 넓은 터를 잡고 살던 곳이어서 별장과 큰 한옥이 많이 남아 있었다. 우리 반에는 동대문 밖에서 살아온 토박이 아이들과 창신동 부호의 후손들, 중국에서 귀국한 교민 자녀들과 북한에서 월남한 아이들이 섞여 있었다. 책을 보자기에 둘둘 말아서 허리에 띠고 다니는 아이들이 많았고, 란도셋을 메고 다니는 아이들도 있었다. 여학생들은 한복이나 원피스, 검은 치마에 흰 블라우스를 입었고, 파마머리의 여자아이도 있었다. 남학생들은 반바지에 칼라가 달린 양복이나 흰 셔츠를 입었다. 나는 엄마가 만들어 준 가방을 들고, 옷도 엄마가 손바느질로 만든 원피스와 손으로 뜬 스웨터를 입었다. 점심시간에 도시락을 여는 게 제일 싫었다. 어머니는 도시락 반찬으로 콩자반과 두부조림이나 멸치조림,

무짠지를 넣어주곤 했다. 다른 아이들은 계란말이, 장조림, 오징어채무침, 다꾸앙(노란 단무지)을 가져왔다. 그들 속에서 이방인이라는 어색함과 공연스레 주눅이 드는 기분을 떨쳐버릴 수 없었다. 그래도 아버지가 말씀하시던 '한국인으로 사는 꿈'을 품고 머리를 꼿꼿하게 세우고 걸었다.

정릉에 있는 반달 모양의 집으로 이주하고, 창신국민학교까지 2시간을 타박타박 걸어서 다녔다. 학교에 가려면 숭인동에 있는 채석장을 지나가야 했는데, 그곳은 깎아지른 절벽 아래 바위와 돌덩이들이 여기저기 쌓여서 지저분하고 항상 먼지가 날렸다. 그 채석장은 일정 시대 총독부를 지을 때 석재를 공급하던 곳이다. 바위 뒤에 문둥이들이 숨어 있다가 어린애들을 잡아간다는 소문이 떠돌고 있었다. 문둥이가 웅크리고 있는 바위가 어떤 것일까, 살피면서 잰걸음으로 뛰다시피 걸었다. 머리카락은 공중에서 끌어당기는 것처럼 올올이 일어서곤 했다.

기다리고 기다리던 소풍 가는 날이었다. 어머니들이 선생님의 도시락을 준비해 오셨다. 어머니들은 흰 치마에 흰 저고리를 입었고, 머리는 하나같이 단정하게 쪽을 지었다. 우리 어머니처럼 굵은 웨이브의 짧은 머리를 한 어머니는 없었다. 단장을 짚은 할아버지, 어린아이를 데리고 온 할머니도 있었다. 윤인자 담임선생님은 몸집이 부대하고 구불구불 긴 파마머리였다. 선생님은 통치마에 저고리를 입고 다니셨다. 그런데 소풍날은 투피스를 입고 오셨다. 창경원을 처음 구경한 나는 유리로 지은 식물원에서 특이한 나무와 꽃을 보고, 동화 속 나라에 온 것처럼 황홀경에 빠졌다. 그러나 마음 한편엔 선생님 점심을 준비해 오신 친구 어머니들이 부러워서 자꾸만 둘러보았다. 어머니가 학교에 오신 적이 한 번도 없었다는 것을 생각하니 슬프고 외로웠다. 그러다가 얼른, 병든 아버지를 생각하고는 슬픈 마음을 지웠다. 아버지는 신장염으로 몸이 통통 붓고 기운을 차리지 못했다. 소금기 있는 음식을 먹을 수 없어서 오직 두부에 깨소금을 솔솔 뿌려서 먹는 것이 처방이었다. 그때부터 아버지를 살린 두부를 명약이라 여기며 지금도 즐겨 먹어서 찬거리를 사러 가면 두부를 꼭 사곤 한다. 가난한 살림에 아버지 병구완까지 하는 어머니를 생각하니, 소풍에 함께 오지 않았어도 쓸쓸해하지 않으려고 입을 꼭 오므렸다.

정릉 퀀셋 마을에 사는 건이도 숭인동 난민 천막에 살던 때 창신국민학교에 입학했는데 나랑 한 반이 되었다. 나 혼자 가기엔 학교가 멀고 위험하다고 해서 건이와 그의 형 훈이랑 함께 가곤 했다. 훈이는 4학년이어서 1학년짜리 꼬맹이들을 데리고 다니기 싫어했다. 어른들이 보는 앞에선 셋이 나란히 걷지만, 동네를 벗어나면 훈이는 우리가 따라오지 못하게 뛰어가곤 했다. 건이도 먼저 갈까 봐 그 애 손을 꼭 잡고 걸었다. 집에 올 때는 훈이는 우리보다 늦게 끝나니까 건이와 둘이 돌아오곤 했다. 어느 날, 창신동 큰 기와집에 사는 친구들 집에서 놀다 가고 싶었다. 건이를 데리고 가기가 어쩐지 부끄러워서 나만 혼자 갔다. 그런데 순하고 착하던 건이는 나랑 함께 집에 오려고 운동장 철봉대 아래서 늦도록 기다리고 있었다. 건이는 지금 어디서 어떻게 살고 있는지, 그날의 일을 사과할 시간이 주어질까?

창신동, 숭인동, 청계천의 변모

어린 시절을 추억하며 창신초등학교를 찾아갔다. 하늘만큼 넓어 보였던 운동장은 동네 놀이터처럼 옹색해 보였다. 학교는 제자리에 있었으나 주변이 변해서 옛 모습은 찾아볼 수 없었다.

양지와 음지가 공존하던 창신동, 숭인동은 단발머리 소녀가 파파 할머니로 변해 온 세월을 면면히 보여주었다. 1948년대 숭인동에는 8.15광복을 맞아 환국한 교민들을 수용하기 위해 난민 천막촌이 설치되었다. 뒤이어 6.25전쟁으로 월남한 피란민들과 전쟁 중에 집을 잃은 사람들이 모여들어 청계천변에 무허가 판잣집이 우후죽순처럼 늘어났다. 청계천변에는 각종 노점상이 즐비했는데, 군복을 염색하여 교복으로 입는 학생들이 태반이었던 때라 염색하는 업소와 교복을 만들어 주는 수선집이 성행했다. 1958년에 청계천 무허가 판자촌에 큰 화재가 일어났다. 그 화재로 판자촌과 노점상들은 새 터전을 찾아 떠나갔고, 청계천 복개 공사를 시행하여 1962년, 평화 시장이 신축되었다. 1층은 상가였고 2층은 환기도 잘

되지 않는 봉제공들의 일터였다. 평화 시장의 열악한 노동 환경을 개선해 보려던 청계 피복 노조원 전태일이 분신한 사건이 일어났다. 1970년에 일어난 그 사건을 계기로 의류 생산지가 평화 시장에서 창신동으로 이전되기 시작했다. 창신동, 숭인동은 동대문 광장 시장과 청계천 평화 시장에 의류 제품을 보급하는 봉제 산업의 메카로 자리 잡았다. 봉제 거리 박물관과 봉제 역사관이 들어섰고, 옛 기억의 장소를 찾아오는 사람들과 새로운 것에 열광하는 신세대들의 관광지로 탈바꿈했다.

  큰 화재가 난 뒤에 청계천 복개 공사를 하여 도로가 형성되었으나, 서울의 교통량이 날로 급증하자 청계 고가도로를 건설하기 시작했다. 경제성장에 큰 도움을 주었던 고가도로들이 세월이 흐르며 낙후되었고, 공해가 심해져서 도시의 골칫거리가 되었다. 자연환경과 역사 문화를 복원하기 위하여 2003년에 이명박 서울시장이 대대적인 공사를 시작했다. 청계 고가도로를 헐고, 개천을 살리고 양쪽에 2차선 도로와 다리도 22개나 건설하였다. 개천에는 자양취수장에서 취수한 한강 물을 흐르게 하고, 산책로와 녹지가 있는 모습으로 탈바꿈시켰다. 청계천 복원 공사를 시작할 때 청계천을 주제로 서울시에서 글을 공모했다. 남편은 「청계천에서 기차를 타고」라는 제목으로 수필 부문에서 입선하여, 그 글이 2005년에 간

행된 『서울 이야기』라는 책에 수록되었다.

박수근 화백은 창신동에 살면서 서민들의 일상과 풍경을 주제로 명작들을 남겨 '국민화가'라는 칭호를 받았다. 그림 안에 잔잔하게 깔린 평화로움과 정겨움이 눈과 마음을 끌어당긴다. 과장도 상징도 없이 사람들이 사는 모습을 그려놓은 풍경이다. 박수근 화백이 살았던 그 험난한 시절에 우리 모두의 호흡도 가빴었다. 그 시절의 힘겨운 삶을 따뜻한 그림으로 남겨놓은 박수근 화백은 우리에게 속삭인다. '삶은 그리움으로 남는 것'이라고.

창신동 부호의 후손 백남준은 비디오 아트 작품으로 「다다익선」, 「TV 붓다」 등 세계 미술사에 기념비적인 새 장르를 창조했다. 「서울에서 부다페스트까지」는 어린 시절에 살던 창신동 집 큰 대문을 배경으로, 유치원 동무였던 여인을 찾아내 함께 찍은 사진을 넣었다. 잃어버린 시간을 애타게 찾아가는 백남준의 내밀한 무의식 세계가 적나라하게 표출된 작품이다. 그는 세상을 떠나기 1년 전 인터뷰에서 "창신동에 돌아가는 게 나의 소원이야, 한국으로 돌아가고 싶은 게 나의 소원이야, 창신동으로." 유언 같은 이야기를 했다. 글로벌 유목민으로 살았던 그에게 창신동에서 보낸 시간은 개인의 소중한 추억이며, 예술의 모태이자 사상의 기원이었다.

창신동에 가난한 서민들과 부호가 얽혀 살았던 것처럼

박수근 화백의 그림과 백남준의 예술작품은 세기를 뛰어넘는 뚜렷한 족적을 남겼다. 나에게도 창신동은 고국에서 첫 발걸음을 시작한 성장기 출발점이라 각별한 애정과 아린 추억이 담긴 장소이다. 창신교회에 모였던 난민 중에서 한국의 신흥 재벌이 여럿 탄생했다.

장소는 어느 곳이나 잊을 수 없는 귀중한 개인적 역사를 품고 있다. 지리적 공간은 시대가 몰고 온 사건과 영향에 따라 다양한 모습으로 변모되었다. 시간은 침묵하고 있어도 역사는 갈피갈피 쌓여갔다.

전쟁의 폭풍 속에서

6.25 전쟁이 터지다

대한민국은 1948년 8월 15일, 우여곡절 끝에 정부를 수립하고 안정을 찾아가고 있었다. 정릉 우리 마을은 꽃을 심고 가꾸어서 꽃동네가 되었고, 퀸셋을 개조하여 기와를 얹고, 온돌방을 들이고 요모조모 고쳐서 아늑한 보금자리가 되었다. 만주 땅 한구석에 얹혀살던 서러움에서 벗어나, 하늘도 땅도 내 것이라는 자유의 기쁨이 햇살처럼 퍼지는 날들이었다.

1950년 6월 25일 새벽, 북한의 기습적인 남침으로 평화롭던 마을은 전쟁이 터졌다는 소식에 공포로 술렁였다. 6월 28일엔 무시무시한 탱크들이 미아리 고개로 밀려오고 있었다. 서울은 순식간에 북한군에 점령당했다. 창신국민학교 3학년이었던 나는 학교 가는 길에 숭인동 고개에서 시체를 처음 보았다. 어찌나 무섭던지 길에다 먹은 것을 다 토했다. 학교에서는 담임선생님이 인민군 군가를 가르치며 부르게 했다. 운동장에 태극기 대신 인공기가 게양되었다. 아버지가 학교에 가지 말라고 해서 동생과 나는 더 이상 학교에 다니지 않았다.

경찰이었던 이웃집 아저씨가 인민위원에게 끌려가서 총살당하는 모습을 동네 사람들이 모두 지켜보았다. 공무원은 공산당원이 혈안이 되어 찾아다니는 표적 대상이었다. 아버지는 대책을 의논하기 위해 공보처에 함께 근무하는 조 선생에게 연락했지만 소식이 없자, 위험을 무릅쓰고 수소문하러 나섰다가 인민군에게 붙잡혔다. 길에서 잡힌 남자들을 북한으로 끌고 가는 대열에 합류하게 되었다. 아버지는 잡혀 온 사람이 길가에 버려둔 달구지를 끌고 반대 방향으로 달렸다. 얼마 못 가서 또 잡히고 말았다. 병든 자식이 있는데 아비가 없으면 그 애는 죽을 것이라며, 제발 집으로 보내 달라고 간청했다. 그 인민군에게도 아픈 아이가 있었던지 아버지를 풀어 주었다. 집으로 보위부원이 들이닥칠 것을 알고 있는 아버지는 그 길로 시골의 은사님을 찾아갔다. 아버지가 며칠이나 소식이 없어 애간장을 태우던 어머니와 나는 인민위원회를 찾아다니며 아버지 소재를 수소문했다.

아버지는 은사님 안내로 산속 토굴에 숨어서 전쟁 상황을 지켜보며 지냈다. 그러나 밤마다 음식을 가져다주는 은사님 가족을 더 이상 위험에 빠뜨릴 수 없어 며칠 만에 집으로 돌아왔다. 밤중에 돌아온 아버지가 천장에 올라가 숨어 지내는 날이 계속되었다. 천장으로 통하는 곳엔 옷가지들을 걸어놓아 감추었다. 인민위원이 오는 것이 보이면 나는 뛰어나가서 "우리 아버지 좀 찾아주세요." 하며 매달리곤 했다. 어떻게든지 그들이 집 안으로 들어오는 것을 막아야 했다. 그렇게 하는 것만이 아버지를 지킬 수 있는 길이라고 생각했다. 어머니는 곡식과 바꿀 만한 옷가지를 싸 들고, 동생들을 내게 맡겨놓고 시골로 가곤 했다. 어머니는 천장을 쳐다보고는 나를 보았다. 나는 고개를 끄덕여서 아버지를 잘 지키라는 당부에 대답했다. 어머니가 돌아올 때까지 집 앞에다 소꿉놀이를 차려놓고 보위부원이 오면 달려 나가려고 앉아 있었다. 열 살짜리 어린애가 어찌 그런 의견이 있었을까? 전쟁 중에 태어나 내몽골에서 고국으로 돌아오는 동안 눈으로 보고 겪은 일들이 아이 머릿속에 무섭도록 치밀한 판단력을 넣었던 게 아닐까? 내가 나를 생각해도 무섭고, 슬프고, 가엾다.

정릉 집에서 1949년 6월에 태어난 둘째 동생 수인이는 막 돌이 지나서 밥을 먹기 시작했다. 이미 엄마의 젖은 말라붙고 죽을 끓일 쌀도 보리도 없어, 아기는 영양실조로 다리가 배배꼬여서 잘 걷지도 못했다. 일곱 살인 윤석이는 정릉 개울로 가서 개구리를 잡아 오곤 했다. 어머니가 개구리 뒷다리를 구워 아기에게 먹이면서 윤석이에게도 주었지만 침을 꼴깍 삼키면서도 받아먹지 않았다. 개구쟁이 철부지가 동생을 생각하던 기특한 모습을 떠올리면 지금도 목이 멘다. 영양실조로 뼈가 앙상한 아프리카 어린이를 돕자는 TV 광고를 볼 때마다 동생의 어린 날이 떠오른다. 그때는 전쟁 중이었지만, 비만을 병으로 여기는 21세기에도 굶어 죽는 어린이들이 존재한다는 것은 우리 모두의 부끄러움이다.

인공기를 내리고 다시 태극기를 게양하다

1950년 9월 28일, 맥아더 장군이 이끄는 인천상륙 작전의 승리로 마침내 석 달 만에 서울이 수복되었다. 9월 27일 새벽, 서울 탈환에 나선 해병대 제2대대 박정모 소위와 대원들이 중앙청에서 북한 인공기를 내리고 태극기를 게양했다. 중앙청은 대한민국 정부의 상징적 건물이다. 중앙청에 태극기가 게양되면서 대한민국의 심장은 다시 뛰기 시작했다.

서울이 수복된 날, 후퇴하는 인민군과 B29의 폭격을 피해 방공호에 숨어 있던 마을 사람들은 모두 나와서 만세를 부르고, 서로 얼싸안았다. 아버지도 천장에서 내려왔다. 눈이 움푹 파이도록 수척한 얼굴은 백지장처럼 하얗고, 수염과 머리카락이 마냥 자라서 꼭 원시인 같았다. 인민군들은 퇴각하면서 집마다 뒤져 물건과 먹을 것들을 닥치는 대로 빼앗아 갔다. 정 선생 부인이 우리 집 부엌에 쓰러져 있었다. 그 부인은 만주 난석산에서 살던 시절, 정 선생 혼인예식에 내가 아기 들러리를 섰던 신부였다. 방공호에 함께 들어가자고 했을 때 아기가 보채며 운다고 한사코 들어가기를 주저하더니, 후퇴하던 인민군에게 총을 맞고 숨졌다. 아기는 죽은 엄마의 젖을 빨고 있어서 보는 이마다 혀를 차며 눈시울을 적셨다. 애석하게도 국군이 막 입성하는 찰나에 그런 변을 당해서 안타깝기 이를 데 없었다. 정 선생은 육군으로 지원하여 전선에 나가 있었다. 아버지랑 공보처에 함께 근무하던 조 선생은 약혼녀를 찾아 묵호로 간 뒤 영영 소식이 끊겼다. 전쟁은 비참하고, 잔인하고, 허망하기 이를 데 없다. 그런데 지금도 지구 곳곳에서 크고 작은 전쟁이 끊이지 않고 있으니, 땅을 더 차지하려는 인간의 욕망은 그 끝이 어디일까?

전쟁 중에 서울을 떠나지 못한 시민들은 공산당의 잔혹한 행태를 수도 없이 체험했다. 다정하던 이웃이 별안간 공산당원이 되어 붉은 완장을 차고, 여맹위원이 된 부녀자들과 합세하여 무고한 사람들을 반동이라는 죄명으로 잡아갔다. 인민재판이라는 이름으로 학교 운동장에 세워 놓고 일거에 총살하는 끔찍한 현장을 우리는 몸서리치면서 바라보았다. 공산주의 이념에 사로잡힌 사람들은 살인마와 광인이 되어 날뛰었다. 이념이란 무엇을 위한 것인가? 그들은 과연 이념과 사상이 무엇인지 제대로 알고 그런 용서받을 수 없는 짓을 저질렀을까?

인천상륙 작전으로 서울이 수복되어 공산당의 광포를

더 이상 당하지 않게 되어, 전쟁이 끝나고 평화가 온 줄 알았다. 그런데 공산당 앞잡이가 되어 악역을 자행했던 사람들을 색출하는 상황이 벌어졌다. 너도나도 고발인이 되어, 끔찍한 만행을 저질렀던 자들을 심판했다. 만주에서 온갖 고생 끝에 고국으로 돌아온 뒷집 아주머니의 둘째 딸이 여맹위원으로 활약하다가 전세가 바뀌자 인민군을 따라 월북하였다. 그녀의 어머니는 귀하게 기른 딸이 떠난 뒤 웃음을 잃고 반벙어리처럼 지냈다. 동생들은 언니를 잃고 연좌제에 묶여 살아야 했다.

1.4후퇴의 피란 행렬

9.28수복으로 안정이 되는가 했는데, 평양까지 점령했던 전세가 다시 밀리기 시작했다. 중공군이 북한군에 합세하여 인해전술로 밀고 내려왔다. 남북통일이 눈앞에 있었는데, 중공군의 전쟁 개입은 대한민국 역사에 돌이킬 수 없는 비극을 초래했다. 시민들은 보따리를 짊어지고 남쪽을 향해 기나긴 피란길에 나섰다. 또다시 피비린내 나는 학살이 반복될 것을 생각하면 가다가 눈길에서 죽더라도 갈 수밖에 없었다. 12월 중순에 우리 가족은 부산으로 가는 기차에 올랐다. 아버지는 정부와 함께 철수하기 위해 서울에 남아야 했다. 서울역에 갔을 때, 그곳은 이미 아수라장이었다. 손을 놓치면 영영 고아가 될 판이었다. 아버지는 윤석이에게 누나 손을 절대 놓지 말라고 거듭거듭 말씀하시며, 우리 남매를 한참 동안 끌어안고 있었다. 어렵사리 우리를 화물칸에 태우고 아버지는 걱정이 가득한 표정으로 바라보았다. 아버지와 함께 가지 못하는 것이 무섭고도 슬펐으나, 울면 아버지를 영영 못 보게 될 것 같아 울음을 꾹 참았다.

화물 열차 칸은 콩나물시루 같았다. 아기와 어린아이도 많았는데, 칭얼대는 소리를 들은 기억이 없다. 혹시 허기져서 울 기운도 없었던 것은 아니었을까? 우리는 배가 고파도 밥을 달라고 보채지도 못했다. 가다 서다를 반복하던 기차가 멈추었다. 어머니는 밥을 지으려고 냄비를 들고 내렸다. 그런데 기차가 출발하는 게 아닌가. 나는 울면서 엄마를 찾아 뛰어내리려고 했다. 옆에 묵묵히 앉아 있던 동생 윤석이가 "누나, 울지 마. 기차가 가는 게 아니라 빠꾸하는 거야. 엄마 있는 데로 다시 갈 거야." 기차는 선로를 변경하느라 움직였던 것이다. 세 살이나 어린 동생이 아버지 대신 상황 판단을 하는 것이 대견했다. 그날부터 동생을 오빠처럼 의지하는 마음이 슬그머니 자리 잡았다.

부산에 도착했으나

보름이나 걸려서 12월 말에야 부산에 도착했다. 부산 진역에 도착하자 사람들은 어딘가를 찾아 꾸역꾸역 떠나고, 갈 곳이 없는 사람들과 우리 가족만 남았다. 역사 밖으로 쫓겨난 어머니는 이고 온 이불을 펴고 삼 남매를 보듬어 안고 누웠다. 하늘이 보이는 땅바닥에 누워 몸을 오그려도 춥고, 무섭고, 배도 고파서 정신을 잃었다. 부스스 눈을 떠보니 아침 햇살이 기차를 비추고 있었다. 그런데 엄마는 곁에 계시지 않았다. 어린 동생도 보이지 않고 윤석이만 몸을 동그랗게 말고 잠들어 있었다. 춥고 낯선 곳에서 그렇게 첫날밤을 지내고 엄마를 찾아 두리번거리는데, 구수한 냄새가 창자를 목젖까지 끌어올렸다. 새벽에 어머니는 시장을 찾아가 오징어를 사다가 국을 끓였다. 피란지에서 처음 먹어 본 멀건 오징어국은 잊을 수 없는 천하의 별미로 남아 있다. 요즈음에도 병으로 입맛을 잃고 먹지 못한 채 누워 있으면 불현듯 오징어국이 떠오른다. 어머니가 부산진역에서 끓였던 것처럼 양념도 없이 끓인 멀건 국을 먹고 나면 잃었던 입맛이 돌아온다.

어머니는 우리를 이끌고 부산진역에서 어느 마방으로 짐을 옮겼다. 마방은 말을 매어두었던 기둥들만 곳곳에 있고, 넓은 바닥은 시멘트여서 차가웠지만, 지붕이 있어서 역전보다는 추위를 피하기에 나았다. 기둥 옆에 자리를 잡고 이불 짐과 보따리를 모아두었다. 그곳이 우리 집인 양 다른 사람들이 들어오면 거기에 모여 앉아서 자리를 지키곤 했다. 어떤 상황에서든지 자기 영역을 지키려는 인간 본능의 모습이었다. 어머니는 어린 수인이를 업고 아버지를 찾으러 나갈 때마다 윤석이와 나에게 절대로 마방 밖으로 나가면 안 된다고 다짐을 받으셨다. 우리는 말을 매어두었던 기둥들을 세어 보기도 하고, 그곳에 있는 피란민 아이들과 숨바꼭질하며 엄마를 기다렸다. "오늘은 아버지를 찾을 수 있을까?" 마방 기둥을 붙잡고 빙빙 돌면서 늦어지는 엄마를 초조하게 기다리곤 했다. 아버지는 정부와 함께 부산으로 내려왔지만, 노숙하는 우리를 찾을 수 없었다. 어머니가 도청으로 몇 번이나 찾아간 끝에 드디어 아버지를 만날 수 있었다.

공무원 사택이 된 화물창고

부산으로 옮긴 피란 정부에서 남부민동 바닷가에 큰 창고를 빌려 공무원들의 사택을 만들어 주었다. 창고 안에 판자로 칸막이를 세워서 예닐곱 세대가 살았다. 하수도 시설은 없었고 창고 한쪽에 공동변소를 만들어 모두 사용하였다. 숯을 사용하여 밥을 짓고 물도 데워 썼으니 창고 안은 늘 매캐했다. 할머니와 단둘이 사는 소년이 있었다. 그 아이가 하모니카를 불면 얼마나 구슬픈지 모두 슬픔에 잠기곤 했다. 엄마 아빠가 보고 싶을 때마다 하모니카를 불며 엄마 아빠를 목청껏 부르고 있구나, 느껴졌다. 옆방에 사는 신숙 어머니는 옷을 만들어 납품하는 일을 해서 그 집에는 헝겊 조각이 많았다. 헝겊을 얻어다가 인형을 만들고 옷을 지어 입히면서 인형 놀이를 했다. 창고는 피란 공무원들의 작은 마을이었다. 거기서 서울로 환도할 때까지 피란국민학교에 다니고 친구들과 추억도 쌓으며 유년 시절을 보냈다. 부산은 전국에서 몰려온 피란민들로 갑자기 인구가 많아져서, 가뭄도 아닌데 물 기근에 시달렸다. 창고 앞 너른 마당 한 귀퉁이에 있는 국밥집 수돗물을 사택 사람들은 함께 써야만 했다. 매일 물을 얻기 위한 슬픈 행렬이 이어졌다. 아침 일찍 수돗가에 물통을 놓고 줄을 서서 차례를 기다리노라면, 부지깽이를 든 국밥집 할머니는 하루도 거르지 않고 나와서 호통을 쳤다. "저 문딩이, 서울내기들 따매 몬 살긌따." 부산에서 제일 무서운 사람이 그 할머니였다. 식수를 얻기도 눈치가 보이는데 빨래까지 할 수가 없어서, 어머니는 천마산으로 가서 빨래를 해오곤 했다. 빈 몸으로 올라가도 숨이 차고 가파른 산에 무거운 빨래를 이고 다니는 어머니가 불쌍해서 서울로 돌아갈 날을 손꼽아 기다렸다. 밥가난보다 물가난이 더 서러웠다.

골목대장 기질이 있는 윤석이는 개구쟁이 친구들과 놀다가 사고를 치면 자기가 했다고 하면서 혼자 매를 맞곤했다. 국밥집 할머니네 숯가마 쌓아놓은 것을 아이들이 뛰놀다 쓰러뜨렸다. 할머니는 부지깽이를 들고 우리 집으로 쫓아왔다. 윤석이는 달아나 버렸고, 아버지가 미안하다고 사죄하며 숯값을 물어드리겠다고 했다. 할머니는 아버지를 물끄러미 보다가 "아배는 신사 맹키로 반듯한디, 문딩이 아는 와 그라나." 하고는 돌아갔다. 그 다음부터는 아이들이 사고를 쳐도 할머니가 우리 집으로 쫓아오지 않았다.

남부민 피란국민학교에서 꿈이 싹트다

남부민 피란국민학교는 방파제 뒤에 있었다. 판자와 천막으로 지은 교실에, 바닥에는 레이션 박스(군인들 휴대식량 상자)를 얼기설기 깔고 앉아서 공부를 했다. 임시화장실이라 바닷가 아찔한 절벽에 앉아 용변을 보아야 했다. 그때마다 바다에 빠질까 봐 손을 잡아주며 서로 기다려 주곤 했다. 그런 환경에서 공부하는 우리에게 함월탄 선생님은 전쟁도 가난도 언젠가는 끝나는 것이라며, 우리 가슴에 희망을 심어주었다. 선생님 말씀을 들으며 '희망을 품으면 싹이 움트고 자라서 열매를 맺게 된다.' 는 믿음을 가졌다. 나는 야무지게도 작가가 되는 꿈을 품었다. 3.1절에는 태극기를 들고 단체 무용을 하고, 연극도 했다. 치약과 비누, 연필과 편지지를 정성껏 모아, 국군 장병들을 찾아가 위문 공연을 했다. 날씨가 맑고 따뜻한 날은 방파제로 나가서 야외 수업을 했다. '철~썩 철~썩' 방파제에 부딪히는 파도 소리가 들리고, 비릿한 바다 냄새에 코를 벌름거렸다. 멋쟁이 김경희(?) 선생님과 방파제 계단에 줄지어 앉아서 찍은 사진을 볼 때마다 그날의 즐거웠던 순간이 느껴진다. 까르르대던 우리 목소리도 사진에 찍혀졌는지 귓전에서 되살아난다.

학교가 파한 뒤에는 송도로 달려가서 팬티만 입고 바다에 뛰어들어 물고기처럼 휘젓고 놀았다. 수영복도 없던 시절이라 부끄러움도 몰랐다. 그런데 민자는 꼭 고무신을 신고 수영을 해서 우리는 깔깔대다가 바닷물을 먹기도 했다. 청자네 집에 가면 어린 우리들을 위해 어머니와 아버지가 함께 가곡을 불러주었다. 우리 부모님은 청교도적인 분위기여서 나는 어른이 되면 낭만적인 청자네 집처럼 살리라 마음먹었다. 시험 때가 되면 집이 넓은 민자네로 친구들이 몰려가서 밤을 새우며 공부했다. 민자 작은오빠는 그리스 조각상 같은 미남 중학생이었다. 낮에는 물놀이에 지치고 밤엔 그 미남 오빠 생각에 공부는 언제 했는지, 아련하고 그리운 시절이다. 같은 대학에서 학창 시절을 보냈고, 지금도 자주 만나는 민자, 청자는 피란학교에서 맺은 보석 같은 친구들이다. 바닷가 절벽에서 용변 볼 때마다 서로 손을 잡아주던 친구들은 함께 늙어가며, 맑고 천진했던 옛 마음 그대로 서로 보살피며 지내고 있다.

다사다난했던 피란살이

세 살이 된 수인이는 형이 가는 곳마다 따라다녔다. 호기심이 발동한 윤석이는 방파제 등대에 올라가 보겠다는 생각에 친구들과 동생을 데리고 가고 있었다. 형을 따라가던 수인이의 신발 한 짝이 벗겨져 방파제 밑으로 굴러갔다. 어린것이 신발을 찾으려고 방파제 아래로 내려가다가 그만 바닷물에 빠졌다. 등대를 향해 신나게 가다가 보니 동생이 보이지 않았다. 큰일 났다 싶어 이름을 부르며 되돌아오는데, 마침 지나가던 사람이 수인이를 건져 올려 보호자를 찾고 있었다. 물에 빠져 정신을 잃은 동생을 업고 집으로 달려오면서 윤석이는 빌고 또 빌었다. 동생을 제발 살려달라고. 우리 가족은 수인이가 살아나기를 기다리며 밤새도록 기도했다. 창이 환하게 밝아올 즈음 깨어난 수인이는 "내 삐방, 내 삐방" 하면서 손을 내저었다. 옆에서 지켜보던 윤석이가 "그래, 네 신발 찾아다 줄게." 하며 어린 동생의 발을 꼭 쥐고 엉엉 울었다.

서커스단이 동네에 들어오면 아이들은 뿡빠뿡빠 울리는 소리에 들떠서, 어떻게든지 천막 안으로 들어가려고 이리저리 몰려다녔다. 창고 사택엔 하수도 시설이 없으니 설거지한 물은 매번 창고 밖으로 내다 버려야 했다. 엄마에게 내가 물을 버리겠다고 하고는, 양푼을 길바닥에 내버려 둔 채 서커스 천막으로 내달렸다. 윤석이는 누나를 좋아하는 상급생 형에게 표를 얻어서 누나 자리를 잡아놓고 기다렸다.

친구들과 깡충거리며 학교에서 돌아오는데 사택 창고에서 검은 연기가 솟아오르고 있었다. 책가방을 던지고 숨이 넘어가도록 뛰었다. 집으로 들어가자마자 불길 속에서 제일 먼저 건져내야 할 것은 책이라 생각해서 아버지 책들을 안고 나왔다.

엄마가 장티푸스에 걸려서 병원에 격리되었을 때였다. 아버지는 병원에 가셨고 나는 동생들 밥을 지어 준다고 쌀을 씻고 있었다. 옆집 아주머니가 물끄러미 보다가 "쌀이 아플까 봐 그렇게 쓰다듬고 있냐?" 하시고는 밥을 지어 주었다. 다정하고 유머가 넘치던 이웃들은 모두 어디로 가서 살고 있을까? 왜 그동안 한 번도 찾아볼 생각을 하지 않았을까?

사택 창고 앞마당에 피란민이 판자로 어설프게 지은 하꼬방(무허가 판잣집)이 있었다. 어느 날 태풍에 큰 파도가 밀려와서 그 판잣집이 바다로 둥둥 떠내려갔다. 집 안에는 젊은 엄마가 우는 아기를 안고 허둥대고 있었다.

동네 사람들이 달려 나와서 손을 휘저으며 "우짜꼬, 우짜꼬" 소리만 지를 뿐 어찌할 도리가 없었다. 자연의 힘 앞에서 인간은 무력하기 짝이 없었다.

6.25전쟁의 기억은 무섭고, 슬프고, 아픈 상념들로 뒤엉켜 있다. 내 가족은 한 사람도 상하지 않아서 감사 또 감사하지만, 잊고 싶어도 잊히지 않는 몸서리쳐지던 장면들은 가슴에 깊은 상흔으로 남아 있다. 지금도 가끔 '저벅저벅' 인민군들의 군화 소리가 점점 가까워지는 악몽을 꾼다. 몸이 피곤한 날은 보따리를 이고 지고 피란 가던 사람들 속에서 엄마를 찾아 헤매는 꿈을 꾸다가 땀을 흠뻑 흘리며 깨어나기도 한다.

그러나 남부민 피란국민학교 시절의 기억은, 태풍의 사나운 소용돌이 속에서 잠시 쪼이는 햇볕처럼 밝고 따뜻했다. 12살 소녀의 학창 시절은 잔혹한 전란 속에서도 영롱한 무지개처럼 아름다웠다.

포연 탄우 속에서 찾은
오아시스

휴전협정이 된 뒤 서울로 돌아와 보니

1953년 7월 27일, 휴전협정으로 전투가 종식된 뒤 정부가 서울로 환도하면서, 우리 가족도 부산에서의 피란살이를 끝내고 서울로 돌아올 수 있었다. 햇살이 환하게 비치는 우리 집으로 돌아간다는 기쁨에 덜컹거리는 기차 리듬이 흥겨워졌다. 서울역에서 내려 짐들을 챙겨 들고 우리 가족은 효자동으로 가는 전차를 탔다. 오랜만에 타는 전차는 소꿉동무를 만나듯 반가웠지만 전차에서 내다본 광경은 전쟁이 할퀴고 간 처참한 모습들이었다. 집들은 폭격으로 허물어져 폐허가 되었고, 돌무더기 사이에서 무언가를 찾고 있는 사람들은 유령처럼 보였다.

효자동 임시 거처에 짐을 풀고, 피란 가기 전에 살았던 정릉으로 가보았다. 온 동네가 폭격으로 폐허가 되어 황량한 돌무더기만 흩어져 있었다. 어머니 아버지는 낙담한 듯 어두운 표정으로 마을이 있던 곳을 일일이 살펴보았다. 신기하게도 돌무더기 속에서 우리가 살던 집터를 가려낼 수 있었다. 아버지는 책과 서류를 묻어두었던 곳을 파 보았다. 보물 상자라도 나타나나 눈도 깜박이지 않고 내려다보았다. 책은커녕 아무것도 건질 수 없었다. 우리 가족에게 고국에서 첫 안식처였던 마을은 전쟁과 함께 사라져 버렸다. 부모님은 우리 손을 꼭 잡았다. 이제 또 정착할 곳을 찾아야 한다는 절박함이 손으로 전해졌다. 나는 부산에서 서울로 돌아왔다는 안도감과 햇빛이 환하게 비치는 마을을 또 이룰 수 있으리라는 희망을 놓지 않았다. 꽃이 없어도 꿀을 만들어 내는 벌이 나타날 것이란 꿈을 턱없이 품었다.

집을 구할 때까지 경무대(지금의 청와대) 옆에 있던 관사에서 몇 달을 살았다. 서울로 돌아온 공무원들이 집을 구할 때까지 임시로 거주하던 곳이었다. 지금 그곳은 청와대 정원이 되어 있다. 그 관사는 일본인들이 살던 적산 가옥으로 온돌이 아닌 다다미방이었고, 일본식 미닫이 현관과 작은 정원이 딸린 집이었다. 이웃집에 함께 놀 또래 아이들이 없어서 심심해하던 동생 윤석이는, 경무대 안에 있는 연못에서 물고기를 잡으며 놀다가 경호원에게 붙잡혔다. 아버지는 연락받고 가서 아들임을 확인했다. 관사에 살고 있는 공무원의 아들이고, 철없는 어린이라 "여기 와서 놀면 안 된다."라는 훈계로 풀려났지만, 지금의 청와대를 생각하면 격세지감이 느껴지는 이야기다.

나의 꿈이 뿌리를 내린 덕수국민학교

효자동 관사에 거주하게 되자, 아버지는 우리 남매의 학교 전학을 서둘렀다. 아버지와 함께 근무하는 공보처 국장의 권유와 도움으로 정동에 있는 서울 덕수국민학교(오늘날의 덕수초등학교)로 전학했다.

전쟁의 폐허가 곳곳에 산적한 중에도 자녀들을 명문 학교에 보내려는 교육열은 대단하였다. 남학생반과 여학생반이 각각 두 교실이었는데, 덕수국민학교에 전학하려는 학생이 많아서 6학년 4반은 유일한 남녀공학 반이 되었다. 남학생 22명에 여학생 78명, 100명이 좁은 교실에 빼곡히 앉아서 공부를 했다. 교실에는 항상 후끈후끈한 열기가 넘쳐났다. 학생 수가 많아서 열기가 대단했던 것은 아니었다. 비참하고 끔찍한 전쟁에서 살아남은 사람들의 책임인 양, 선생님은 전심전력을 다하여 가르쳤고 학생들은 매를 맞으면서 열심히 배웠다. 굵은 테 안경을 쓴 김태휴 선생님은 하도 야위어서 별명이 '마른 명태'였다. 선생님은 카랑카랑한 목소리로 학생들이 다 이해할 때까지 가르치고, 또 반복하면서 열성을 다했다. 쉬는 시간에는 운동장에 옹기종기 모여 앉아서 자기가 겪은 피란살이를 친구들과 이야기하다가, 학교 앞 문방구에 우르르 몰려가서 향나무 연필을 코끝에 대고 차례대로 냄새를 맡기만 하고 돌아서곤 했다.

어머니들 치맛바람은 지금보다 더 극성스러웠다. 아마도 치맛바람 원조가 아니었을까? 몇몇 고정 어머니들은 교실 뒤편에 병풍처럼 죽 둘러서서 수업 시간 내내 지켜보았다. 어머니들이 뒤에 계신 아이들은 매를 더 맞았다. 그 어머니들은 선생님 건강을 위해 종합 비타민을 대접하면서, 자기 아이들을 더 때려서라도 사람을 만들어 달라고 부탁하였다. 공부 시간에 떠들거나 성적이 떨어지면 "이 천치들아, 똥을 싸시오." 하면서 손바닥을 때렸다. 우리는 매를 맞으면서도 생기발랄했고, 눈동자는 꿈과 희망으로 반짝였다. 16년간의 학창 시절을 떠올려 보아도 그때처럼 열심히 공부한 적은 없었다.

지금은 학생 체벌을 이유로 학부모가 선생님에게 폭언을 퍼붓는 천인공노할 세상에 살고 있다. 스승의 그림자도 밟지 않았던 예의범절의 아름다운 시절은 호랑이 담배 먹던 옛이야기가 되었다. 또한 학생 인권을 우선시한다는 교육 방침으로 학생 체벌을 할 수 없는 교육 현장이 되었다. 선생님의 체벌 모습을 학생들은 즉각 핸드폰으로 동영상을 찍어 고발하는 살벌한 상황이 벌어지고 있다. 참

교육 방안을 함께 숙고해 보아야 할 절박한 시점이다.

이규백 교장 선생님은 키가 크고 눈망울이 부리부리하고 목소리가 우렁찬 분이었다. 조회 시간에 학생들이 추워서 어깨를 잔뜩 웅크리고 있으면 자신의 맨 종아리를 보여주었다. 코털이 뻣뻣하게 얼고 귀가 떨어져 나갈 듯 매서운 추위에도 선생님은 내복을 입지 않았다. 이깟 추위로 몸을 웅크려서야 되겠느냐며, "추위는 옷으로 막는 것이 아니라 마음으로 이기는 것"이라 했다. 그 말씀은 살아오면서 어려운 고비를 당할 때마다 용기와 지혜가 떠오르게 했다. 점심시간에는 서너 명씩 교장실에 가서 교장 선생님과 마주 앉아 점심을 먹었다. 선생님 앞이라 긴장이 되어서 밥알을 흘리면, 선생님은 부리부리한 눈을 크게 뜨시고 쌀 한 톨이 만들어지는 시간을 아느냐고 물었다. 밥알 하나도, 반찬 한 조각도 남기지 않고 깨끗하게 먹고, 깨작거리지 않고 맛있게 먹는 태도를 그때 선생님 앞에서 배웠다. 8.15광복과 6.25전쟁을 겪으면서 체득한 항일 정신과 반공 사상을 잊지 말라며 역사의식에 눈뜨게 했다.

김태휴 선생님은 안경 너머로 날카롭게 쏘아보는 눈빛과는 달리 파안대소하시던 다정다감한 분이다. 선생님은 서울로 환도한 뒤 첫 졸업생의 절반 이상이 일류 명문 중학교에 합격하여, 중학교 진학에 탁월한 지도력을 가진 선생님으로 유명해졌다. 그 뒤에도 6학년 담임을 맡으며 많은 제자를 배출하다가 교장 선생님으로 20여 년을 봉직하였다. 일생을 바쳐 교육자의 길을 완주하고 1989년에 정년퇴임했다. 스승의 은혜를 잊지 않은 졸업생 몇이 선생님 은퇴를 축하하는 자리를 마련했다. 그런데 중년도 훨씬 넘은 제자들에게 오히려 선생님께서 푸짐한 저녁 식사와 함께 선물까지 주셨다. 정년퇴임 기념 문집과 〈단기 4287년 3월, 남자 15회, 여자 37회, 서울덕수국민학교 졸업기념〉이라고 인쇄된 졸업 앨범 복사본이었다. 사진 앞장에는 사진 순서대로 이름이 적혀 있고, 그 행간에 지원한 중학교가 기록되어 있다. 선생님은 제자들의 진학 상황을 기록하여 장래까지도 기억하려 하셨던가 보다.

선생님의 철저하고도 열정 어린 교육과 부모님의 아낌없는 사랑 덕분에 원하던 중학교에 무난히 진학할 수 있었다. 덕수국민학교는 포연 탄우 속에서 찾은 오아시스였으며 나의 꿈이 뿌리를 내린 요람이었다. 오늘도 "내 잔이 넘치나이다."라고 고백할 수 있는 축복의 근원지이다.

인왕산 아래 보금자리

　인왕산 기슭에 있는 조그만 적산 가옥을 불하받아 임시 거처였던 효자동 관사에서 이사했다. 그 집은 8.15광복 후 고국으로 돌아와서 아버지 돈으로 처음 산 집이었다. 6·25전쟁의 고통과 피란살이 서러움에서 벗어나 안정적인 삶을 시작한 곳이 누상동이었다. 그 집에서 1954년 6월에 셋째 동생이 태어났다. 아버지는 셋째 아들 이름을 도량이 넓고 덕망이 뛰어난 사람이 되기를 바라며 세걸世傑이라 지었다. 막내가 뜨거운 죽에 데었을 때 얼마나 아프냐며 막내보다 더 많이 울던 아이였다. 그러더니 자신보다 타인 사정을 먼저 생각하는 인자한 성품의 약제사가 되었다. 어려운 일 당한 사람을 외면하지 못하는 그는 누구에게나 수호천사이다. 돌계단을 내려가야 있는 마당 구석구석엔 온갖 꽃들이 피어 있어서, 동네에서는 우리 집을 '누상동 꽃집'이라 불렀다. 아버지가 공보처 출판계에 근무하셔서 집에는 먹을거리보다 책이 많았다. 덕분에 우리들은 어려서부터 책을 친구처럼 좋아하며 자랐다. 우리 남매들은 인왕산을 뒤뜰로 알고 산토

끼처럼 매일 오르내리며 놀았다.

아버지 친구분이 우리 집을 찾아 헤매다가 골목에서 놀고 있는 둘째 동생을 보시고는 그 애를 앞세우고 들어오셨다. 아버지 붕어빵인 둘째 수인이는 초등학교에 입학하기도 전에 한글을 다 깨치고, 어머니가 읽고 있는 신문을 들여다보며 한문글자도 척척 알아맞히는 영재였다. 친구들 대장 노릇을 해오던 그 애는 윤석이가 세상을 떠난 뒤부터 집안 형제들의 대소사를 관장하는 대부처럼 살고 있다.

자취하는 내 친구들이 주말에 몰려오면, 어머니는 별식을 만들어 주곤 했다. 학교에서 돌아와 집에 들어서며 엄마를 부르면, 꽃밭에 계시던 엄마는 환하게 웃으며 가방을 받아주었다. 나는 그 집에서 중학교에 다니며 오색영롱한 꿈을 키우던 소녀였다. 6.25전쟁 뒤끝이어서 모두 가난했지만, 그때 우리는 모두 행복했다.

어느 날 아버지는 낯선 손님 세 분을 모시고 와서 달포가 넘도록 함께 지내게 되었다. 6.25전쟁을 휴전으로 종식하려 했을 때, 이승만 대통령은 남북통일을 이루기 위해선 휴전을 할 수 없다며 버티었지만, 대한민국의 의지와는 상관없이 휴전협정을 강행하려 하자 반공포로 석방을 단행했다. 북한으로 돌아가기를 거부한 포로들이 안착할 때까지 정부에서 돌봐주어야 했다. 공보처에 근무하던 아버지는 그들 중 세 사람을 맡아 우리 집으로 데려왔다. 그들은 제삼국으로 가기를 원하는 사람들이었다. 우리와 한 상에서 밥을 먹곤 했는데, 그들은 매번 어머니에게 고맙다는 인사를 잊지 않았다.

중학 입시를 앞두고 우리 반은 방과 후에 간식을 먹어 가며 합동 과외 수업을 했다. 우리는 국가 연합고사와 중학 입시 본고사까지 힘겹게 치른 마지막 학년이었다. 합동 과외 시간에 간식으로 다른 아이들처럼 토스트를 가져갔다. 어머니는 동생과 내 도시락 준비에다 내 머리까지 땋아주어야 해서, 아버지가 간식을 만들어 주었다. 그때는 제과점이 드물었고, 간식을 사 먹을 가게도 주변에 없었을 뿐만 아니라 모두가 어렵게 살아가던 시절이었다. 어머니는 누상동에서 남대문 시장까지 가서 미군 부대에서 흘러나온 식빵과 버터를 애써 구해오곤 했다. 우리 집은 공무원 봉급으로 근근이 살아가고 있었지만, 끔찍한 전쟁통에도 살아남은 자식에게 쏟는 부모의 사랑은 분별이 없을 정도로 지극하였다.

인왕산 아래 누상동으로 이사한 뒤부터 아버지는 과외 수업을 하고 밤늦게 돌아오는 딸을 효자동 전차 종점에서 기다리곤 했다. 전차 운전기사는 정류장에 도착할 때마다 줄을 당겨 '땡땡땡' 종을 쳤다. 종소리를 듣고 창밖을 내다보면 어둠 속에 서 계신 아버지가 보였다. 날마다 반복되는 일인데도 아버지를 발견할 때마다 반가워서 가슴이 콩콩 뛰었다. 아버지는 딸의 가방을 받아 들고, 엄마의 목도리를 둘러주었다. "오늘은 학교에서 이런 일이 있었어요." 재잘거리면서 아버지 손을 잡고 집으로 돌아가던 그 시간은 다시 누릴 수 없는 세상에서 가장 따뜻한 추억이다.

꿈을 키우던 금잔디 동산

경기여중 시절

경기여자중학교와 덕수국민학교는 중구 정동 1번지에 교문을 마주 보고 있었다. 치열한 입시전쟁을 치르고 경기여중에 입학했지만, 덕수국민학교에서 수십 명이 합격해서인지 낯선 친구들이 섞였을 뿐, 마치 옆집으로 이사 간 느낌이었다. 교복을 맞추어 입고 길게 땋아내렸던 머리도 잘라서 똑같은 모양의 단발머리가 되었다. 반 편성이 되고 짝꿍도 생기고 학교생활에 적응해 가던 어느 날이었다. 복도에서 상급생 언니들이 교실 안을 들여다보면서 누군가를 찾고 있었다. 어느 상급생이 나에게 나오라고 손짓했다. 나는 웬일인가 싶어서 겁이 났지만, 호기심이 일어서 말없이 복도로 나갔다. 그 상급생은 다짜고짜 "너 언니 있니?" 물었다. 고개를 저으며 없어요, 했더니 "오늘부터 내가 언니가 되어 줄게." 하면서 내 손을 잡고는 토닥였다. 나는 남동생들만 있는 고명딸이어서 언니가 있는 친구들이 항상 부러웠지만 정작 언니가 되어 준다는 상급생이 두렵기도 했다. 에스 언니 삼는 것을 학교에서 금한다는 이야기가 있었기 때문이었다. 나는 고개를 끄덕여서 동생이 되겠다고 동의했지만, 언니가 복도에 나타나기만 하면 불안해서 숨곤 했다. 어느 날 언니는 "오늘 어머니께 인사드리러 가자."며 내 손을 잡고 우리 집으로 왔다. 언니는 슬슬 피하는 나보다 우리 어머니를 더 좋아해서 자주 집으로 놀러 왔다. 어머니가 노후에 중풍으로 딸도 알아보지 못하게 되었을 때 언니를 알아보고 "자숙이가 왔구나." 하며 무척 반가워하셨다.

중학교 2학년 때 성적순으로 앉게 한 적이 있었다. 사춘기에 입력된 '성적순서 자리'는 졸업한 뒤에도 동창들을 만나면 몇째 줄에 앉았던 그 얼굴이 먼저 떠오르곤 했다. 세월의 온갖 격랑을 겪으면서 학교 성적이 인생에 그다지 중요하지도, 자랑할 것도 없다는 것을 깨닫게 되었다. 존경받는 인물은 빛나는 업적도 중요하지만 얼마나 바르게, 부끄럽지 않게, 덕을 베풀며 살아왔는가를 보고 평가하게 되지 않던가. 감수성이 예민한 학창 시절에 성적으로 학생을 평가하여 공개하는 것은 비교육적이고, 앞길이 창창한 청소년에게 상처를 주는 처사였다고 생각한다.

미술 시간이 기다려질 만큼 그림 그리기를 좋아했었다. 미술 시간에 그림을 펴놓고 선생님이 한 말씀 해주기를 기다리고 있을 때였다. "넌 죽도 못 먹고 왔냐? 그림이 왜 이리 힘이 없어." 나는 그 뒤로부터 자신감을 잃었고, 그림 그리기가 싫어졌다. 스승의 칭찬 한마디는 숨어 있던 자질을 일깨우고 자신감을 심어주어 삶의 지표가 달라질 수 있다.

나는 몸이 약하고 말라깽이였다. 체육 시간에 '앞으로 나란히'를 하고 있었다. 체육 선생님이 내 옆으로 오시더니 팔을 톡 때리면서 "바르게 펴, 구부리지 말고." 하고 말했다. 나는 바르게 펴고 있었지만 팔이 워낙 가늘어서 팔꿈치 뼈가 솟아올라 휘어 보였다. 팔을 내렸다가 다시 앞으로 폈지만 여전히 굽어 보였다. 선생님은 그 모습을 보시더니 아무 말씀도 하지 않고 그냥 가셨다. 그때 받은 상처로 오랫동안 몸매에 자신감을 잃었다. 별 뜻 없이 내뱉은 한마디가 돋아나는 여린 싹을 멍들게 할 수 있다.

중학교와 고등학교가 같은 교정에 있었지만, 중학교 3학년이 되면 고등학교 입시를 치러야 했다. 입시 결과에 따라 짝이었던 친구가 다른 학교로 가기도 하고, 다른 중학교를 졸업한 학생들이 입학하기도 했다.

숙명여고와 농구 시합하는 날은 학생 모두가 들떠 있었다. 마치 학교의 위상이 판가름이라도 나는 듯, 함성을 지르며 응원하던 열기는 하늘을 찢어 놓을 듯했다. 그 뜨거운 기세로 전교생이 하나로 똘똘 뭉쳐서 삼팔선이라도 뚫을 것 같았다.

가출 사건

동생이 중학교에 입학하고 맞은 첫 여름 방학 때였다. 마포 샛강으로 놀러 간 윤석이가 밤이 늦도록 돌아오지 않아서 아버지 어머니는 그 애 친구들 집을 찾아다니며 애를 태우고 있었다. 자정이 다 되어서 순경과 함께 돌아온 윤석이는 얼굴이 백지장처럼 하얗고 넋이 나간 아이 같았다. 함께 놀러 간 친구가 물에 빠져서 그 애를 구하려고 물속으로 몇 번이나 들어갔지만 결국 찾지 못하고 탈진했다. 그 아이 부모와 며칠을 수색한 끝에 시신을 찾아 거둘 수 있었다. 윤석이는 그 일로 시름시름 앓기 시작하더니 폐결핵이 되어 젊은 날을 힘겹게 보냈다. 그는 체격이 크고, 성품은 우직하고, 의리가 있고, 말수가 적지만 통찰력이 뛰어났고, 속정이 깊은 남자로 자랐다. 아버지는 공무원 봉급으로 오 남매를 공부시키며 병든 아들을 치료하기에 벅차서 공보처에서 퇴직하고 출판사를 차렸다. 그러나 사업 경험이 없었고 자본도 부족하여 부도가 났다. 누상동 집을 팔아서 빚을 갚고 옥인동에 셋집을 얻어 살게 되었다.

아버지는 다시 사업을 일으켜서 내가 고등학교 2학년 때, 궁정동에 집을 사서 이사했다. 집 앞 큰길에는 몇백 년은 됨직한 회나무가 있었다. 지금은 그 회나무가 보호 수로 지정되어 울타리를 둘렀고, 집들은 헐려서 청와대 정원이 되었다. 뒷집엔 정치인이 살고 있었는데, 그 집 대추나무 가지가 우리 집 담을 넘어와 대추가 조롱조롱 열렸다. 키가 작달막한 할아버지가 담 너머로 고개를 내밀고 대추를 따지 말라고 무서운 표정으로 말했다. 한창 개구쟁이인 동생들이 혹시라도 대추를 딸까 봐, 아버지는 "대추가 우리 마당에 열렸어도 뿌리는 뒷집에 있으니 저 대추는 우리 것이 아니다. 그러니 절대로 따면 안 된다."고 일러주었다. 정부 요직에 계신 그 할아버지를 뉴스에서 보게 될 때마다 "저렇게 옹졸하고 인색한 사람이 나라의 일을 하고 있다니." 실망스러웠다.

이사하고 얼마 뒤, 학교에서 돌아왔는데 만삭인 어머니가 의자에 올라가서 청소하고, 도우미 아주머니는 마루에 큰대자로 누워서 쿨쿨 낮잠을 자고 있었다. 나는 위험천만한 어머니를 보자 눈앞이 아찔하였다. 아주머니를 깨우며 "당장 보따리 싸 갖고 나가세요." 소리를 질렀다. 그때 마침 아버지가 퇴근해 오셔서 그 장면을 보셨다. 아버지는 어른에게 무슨 말버릇이냐며 내 뺨을 때렸다. 어머니에게도 매를 맞은 적이 없었는데, 도우미 아주머니 때문에 아버지에게 뺨을 맞았다. 하늘이 깜깜해지고 온 세상이 무너지는 소리가 들렸다. 아주머니와는 하루도 함께 살 수 없다며 가방과 교복을 챙겨 들고 가출했다. 어디로 갈까? 생각하다가 아버지와 내몽골에서부터 친구이신 이 선생님 댁으로 갔다. 그 댁 딸이 우리 학교 후배여서 그 애 방을 함께 쓰며 손에 손을 잡고 학교에 다녔다. 어머니는 그날로 아주머니를 내보냈으니 집으로 돌아가자고 하셨지만, 아버지를 생각하면 너무나 야속해서 몇 달을 더 버티며 돌아가지 않았다.

어머니와 도우미 아주머니는 남은 찬밥을 잡수시곤 했다. 어느 날 아버지는 찬밥을 상 위에 놓으며 이제부터는 온 식구가 같이 나누어 먹자고 말씀했다. 내가 먹으려고 하자 아버지께서는 "너는 몸이 약하니 먹지 말거라." 하셨다. '사람은 누구나 평등하게 존중받아야 한다.'는 정신으로 살아오신 아버지도 고명딸에 대한 편애를 감추지 못했다. 세상에서 가장 존경하는 분이 아버지였고, 하나님처럼 전적으로 의지하던 분, 무슨 문제든지 자상하게 설명하고 해결해 주시는 잠언서 같은 아버지에게 버림받은 것 같아 뺨 맞은 일은 잊을 수 없었다. 어머니가 넷째 아들을 출산하고 몸조리가 끝나자 나를 데리러 왔다. 나는 동생이 보고 싶어 더는 버틸 수 없어서 집으로 돌아왔다. 아기는 첫눈에 누나인 줄 알았는지 벙싯벙싯 웃어서 미안하고 어색했던 내 맘을 풀어 주었다. 그 애가 1958년 9월에 태어난 막냇동생 동익이다. 아기를 안고 어르다가 아버지께 "잘못했어요." 짧게 말씀드리고 내 방으로 들어갔다. 아버지 마음이 얼마나 아프셨을까! 아버지의 각별한 사랑을 받고 자란 고명딸이 천하에 둘도 없는 불효녀가 되었다.

동익이가 태어났을 때 딸이기를 기대했는데 또 아들이어서 모두 서운해했다. 윤석이는 막내를 유모차에 태우고 청와대 앞길을 산책하며 각별히 동생을 챙겼다. 동익이는 딸처럼 엄마 곁에서 온갖 심부름을 하며, 엄마가 빚어주시던 만두 맛을 고스란히 전수받았다. 형제들이 모이면 만두 담당은 막내 동익이다. 막내가 빚어주는 만두를 먹으며 우리는 어머니를 만난다.

보석 같은 친구들

색깔과 모양이 각각 다른 보석 같은 친구들을 만날 수 있었던 중·고교 시절은 행운의 시간이었다. 가족에게도 이야기할 수 없는 일을 친구와는 속마음을 털어놓곤 하였다. 마지막까지 곁에 남은 친구들은 자매처럼 의지가 되고 푸근함이 느껴진다.

전쟁에서 부모 잃은 고아들은 거리를 떠도는 거지들이 되었다. 인천에서 통학하던 김명자는 서울역에 거지 아이들이 모여 있는 것을 보고 야학을 시작했다. 친구들 몇이 야학에 동참했다. 그녀는 결혼 후에 미국으로 이민 가 살면서 해마다 한국을 찾아와 명승지를 순례하며 글을 쓰고, 여전히 치열하게 살고 있다. 그녀가 주축이 되어 시작한 독서 모임은 내 삶에 많은 도움이 되어서 고마운 마음을 아직도 품고 지낸다.

고3 때 연극 경연 대회가 있었다. 우리 반에서는 '감나무'라는 연극에 김혜자를 여주인공으로 뽑았는데 우리 반이 일등을 했다. 그때 주인공을 맡았던 김혜자가 대한민국 국민 배우로 탄생하게 된 첫 무대였다. 김혜자는 이

목구비가 입체적이고 유난히 눈이 크고 반짝이던 개성 있는 모습이었다. 서구적인 모습과는 달리 조용하고 수줍음을 타는 얌전한 소녀였다. 요즈음에 만나도 옛날처럼 수줍고 자기관리를 철저하게 하는 모범생 태도는 여전하다. 유명한 여배우임에도 전업주부로 살아온 여인들보다 더 검소하고 소박하고 순수하여 놀라게 된다. 독서를 꾸준히 하는 학구파답게 그녀의 연기는 깊이가 있고 철학이 담겨 있어 진한 감동을 준다. 교복 상의 깃을 어깨 끝까지 늘리고 허리는 넓은 벨트(공갈반도라 불렀다)로 개미허리처럼 잘록하게 조이는 멋쟁이들이 있었다. 공부 시간에 드레스를 바꿔 입혀가며 공주를 그리는 학생이 눈에 띄었다. '될성부른 나무는 떡잎부터 안다.'는 속담처럼 교복도 남다르게 입고, 공부 시간에 의상을 디자인하던 학생은 세계적인 디자이너가 된 이신우였다. "3% 차이가 새로움을 낳는다."는 그녀의 말처럼 지금도 그녀가 만들어 준 옷을 입으면 나이를 잊고, 자신감이 들고, 자유로운 기분에 빠져든다.

누하동에 살고 있는 윤미혜는 학교에 함께 걸어가는 친구였다. 미혜를 부르러 가면 언니, 오빠가 대청마루에서 학교 잘 다녀오라고 우리를 배웅하곤 했다. 대학생이었던 미혜 오빠의 도움으로 다방면의 책을 읽을 수 있었다. '꼬마 철학가'란 별명이 붙은 그녀는 미국으로 유학

가더니 중년에 목사가 되었다. 그녀가 중국이나 미얀마로 전도여행 가는 길에 우리 집에서 며칠 묵곤 했다. 그 때 내가 기르던 강아지가 죽어서 슬퍼하며 우는 나에게 "우리가 정말 무엇을 위해서 울어야 하는가?" 물었다. 지금도 어쩌다 국제 전화를 하면 마음속 깊은 이야기가 한없이 이어지는 친구이다.

소녀들은 누구나 초경을 치르게 되면 당황하고 겁이 나고 외롭다. 중학교 2학년 때 초경을 맞고 어쩔 줄 몰라 울상이던 조행자를 도와준 일로 혈맹의 친구가 되었다. 이화여대 불문학과를 같이 다녔고, 졸업한 뒤에는 이화대학에서 근무도 함께 했다. 내가 살고 있는 갈현동으로 이사 와서 그림자처럼 붙어 다녔다. 몸이 약해서 골골하던 나는 그녀에게 내가 죽거든 내 아이들과 남편을 맡아 달라고 부탁했었다. 나는 아직도 살아 있고 그녀는 여전히 고고한 독신녀의 삶을 누리고 있다.

글 행간의 뜻을 읽어내듯 눈빛만 보아도 마음과 마음이 통하는 친구를 만났다. 반장이던 김화자는 공부 시간에 속닥속닥 말을 거는 나 때문에 선생님께 꾸중도 여러 번 들었다. 이해하고 배려하고 포용하는 그녀의 품은 바다만큼 넓고 깊어서 생각만 해도 몸과 마음이 쉼을 얻는다. 유학하고 미국에 눌러앉은 그녀는 교사에서 은퇴한 뒤 한국어 교사로 봉사하고 있다. 아무에게도 말하기 싫은 속사정도 털어놓으면, 그녀는 마음을 다해 함께 아파하며 차근차근 위로해 주는 글이 담겨 있어, 그녀의 편지를 받을 때마다 울면서 읽는다.

새 학년이 되어 자리를 배정할 때마다 짝이 되려고 키를 늘이고 줄이면서 나란히 서곤 하던 김은영. 그녀는 티파티 경연 대회에서 두부에 모래를 끼얹어 꽃꽂이용 스펀지 대신 사용했던 아이디어가 특출한 학생이었다. 그때 구할 수 없었던 꽃꽂이용 침봉과 스펀지는 일본 꽃꽂이(이케바나)가 유행하면서 일반화되었다. 김은영 덕분에 두부 침봉에 꽃을 장식한 팀이 일등을 했다. 뛰어난 감각과 탐구심이 깊었던 김은영은 '인간문화재 매듭장'이 되어 우리 전통문화를 전수하고 있다. 그녀와 긴 세월 우정을 이어오면서, 삶에서도 예술에서도 성실함으로 일관되게 살아가는 모습을 보았다. 시간이 지날수록 깊은 맛을 내는 밀화 같은 친구임을 새삼 느낀다.

부산 피란 시절, 남부민 피란국민학교에서 만난 김민자는 피란살이를 함께 겪어서인지 자매처럼 느껴진다. 언니처럼 음전하고 절도 있는 친구이다. 경기여고와 이화대학도 함께 다니고, 독서 모임의 여섯 명 남은 친구 중 한 사람이다. 열 살에 만나 팔십이 넘었으니, 부모보다 형제보다 더 오랜 시간을 함께 지내고 있는 귀한 골동품 같은 친구이다.

언어의 둥지 안에서 화해하다

그 시절에는 언니, 동생 맺는 것이 유행이었다. 덕수국민학교 때부터 친구인 초혜가 에스 언니를 삼고 싶어 해서, 대대장이었던 상급생 K를 언니로 맺어주었다. 상급생 K는 워낙 인기가 있어서 S도 그 상급생을 에스 언니로 삼았다. 그리고 얼마 뒤에 초혜가 하와이에 이민했다. 멀리 떠난 초혜를 지켜준다는 마음에, 상급생 K는 '초혜의 에스 언니'니까 너는 물러나라고 S에게 말했다. 세월은 흐르고 그 일을 까맣게 잊었다. 나이 육십이 지났을 때 S가 그 일로 지금도 그 상처에서 벗어나지 못하고 있다는 이야기를 듣게 되었다. 대학에 입학하고 보니, 자기를 다그쳤던 나와 같은 과여서 S는 휴학했었다는 얘기도 들었다. 1년이라는 귀한 시간을 나 때문에 접었다니, 너무나 충격적인 소식이었다. 상대방이 느낄 감정을 헤아리지 않고 내 의견을 말한다는 것이 얼마나 무모한 짓인가. 무서운 결과를 만들어 낼 줄 몰랐다고 사과한들 용서될까? 후회하고 반성했지만, S의 시간을 되돌릴 수는 없었다. 졸업 50주년 기념 여행 때 미국에서 S가 왔을 때

나는 공개적으로 사과를 했다. 그러나 S는 어릴 적에 입은 상처에서 벗어난 것 같지 않았다. 서로 포옹을 했지만, 그녀의 몸은 경직되고 가슴이 냉랭함을 느낄 수 있었다. 그리고 7년이 또 흘러 동창들이 문집을 발간하면서 시인이 된 S의 시를 읽고 나는 감동하였다. S는 내 수필을 읽고, 우리는 60여 년이나 응어리졌던 상처를 치유하고 언어의 둥지 안에서 진정한 화해를 할 수 있었다.

여자의 삶을 가르쳐주신 스승님

박은혜 교장 선생님은 엄격하게 학생들을 지도하면서 다양한 프로그램을 도입하여 인성교육과 예체능 교육을 시행했다.

교정에 수영장이 있어서 체육 시간에 수영을 배웠기 때문에 누구나 수영할 줄 알았다. 몸에서 힘을 빼고 온전히 맡겨야만 물에 뜰 수 있다는, 인간의 근본 도리를 그때 배웠다. 가을엔 물을 뺀 수영장에 들어가 옹기종기 앉아서 책을 읽었다. 그곳은 뭉게구름이 떠다니는 독서실이 되곤 했다. 수영장으로 올라가는 둔덕에 초봄이면 개나리꽃이 노란 터널을 만들었다. 길게 늘어진 개나리 가지 밑으로 들어가 앉으면 밖에서 보이지 않았다. 속내 이야기를 나누거나 동아리에서 상의할 일이 있으면 "개나리 다방에서 만나자." 했다. 개나리 다방은 봄에도 여름에도 가을에도 호황을 누렸다.

무용 경연 대회가 열리면 짝을 지어 폴카나 왈츠를 추며, 자유롭게 비상하는 새들처럼 두 팔을 활짝 펴고 빙글빙글 돌았다. 몸으로도 감정과 예술을 표현할 수 있음을 느끼면서 발을 굴렀다. 리듬을 맞추려면 파트너와 호흡이 맞아야 둘이 한 몸처럼 움직일 수 있었다.

해마다 열리는 합창 경연 대회에서 지정곡으로 〈비엔나 숲속의 이야기〉, 〈봄의 왈츠〉, 〈무도회의 권유〉 등 많은 명곡을 배우고 외워서 지금도 그 곡을 들으면 따라 부르며 여고 시절 흥겨웠던 기억에 잠긴다. 지휘자의 손길에 따라서 자기 소리를 줄이고 호흡을 맞출 때 아름다운 화음을 이룰 수 있었다. 살아가면서 자기 능력을 과시하고 싶을 때마다, 합창과 무용에서 이루어 내던 화음과 호흡을 떠올리며 마음을 가다듬곤 한다.

정기적으로 대강당에서 명화 감상 시간을 마련해 주어서 당시에 볼 수 있는 영화를 학교에서 충분히 감상할 수 있었다. 그런데도 몰래 영화관에 갔다가 훈육주임 선생님에게 들켜서 혼쭐이 나기도 했다. 일탈의 즐거움을 그때 이미 맛보았다.

박은혜 교장 선생님은 명화 감상이 끝나면 남자 선생님들은 모두 퇴장시키고 우리에게 정조 교육을 했다. 남자는 아버지만 빼고 모든 남자, 선생님이나 친척들, 오빠까지도 경계해야 한다고 말씀하셨다. 길에 다닐 때는 좌우를 기웃거리지 말고 단정하게 걸으라고 했다. 초경을 치르기도 전에 배운 몸가짐 교육으로 우리는 봄날의 숨결같이 순수하고, 햇살처럼 당당한 여성으로 자랄 수 있었다. 박은혜 교장 선생님은 미인일 뿐만 아니라 근엄한 태도 뒤에 아름다움과 우아함을 갖추고 있어서, 여학생들이 존경하고 닮고 싶어 하는 여인이었다.

미국을 통해 서양 문물이 마구 들어오던 시절이었다. 크리스마스카드가 유행하여 성탄절에는 옆에 앉은 짝과도 카드를 주고받았다. 친구 몇이 우리가 직접 카드를 그려서 사용하자는 의견을 모으고 실천했다. '국산 카드 만들어 쓰기'라는 글을 『교육신문』에 게재하게 되었고, 이에 동조하는 남학생들과 협업하기로 했다. 그 일로 교장 선생님에게 불려 가게 되어, 우리 모임에 가담한 친구들은 근신 처분을 받아 방과 후에 반성문을 썼다. 그때 교장 선생님은 대학생이 되면 남학생들과 미팅해도 된다고, 그때까지 기다리라고 말씀하셔서 대학생이 되는 날을 학수고대하였다.

'황대포 선생님'은 경기여중·고를 졸업하고도 그를 모른다면 가짜 학생이라고 할 정도로 유명한 선생님이었다. 지리 과목을 담당했던 황약한 선생님은 우리에게 세계 일주의 꿈을 품게 했다. 선생님은 지구본에 있는 나라들을 하나하나 짚어가며 사람들을 소개하고, 음식을 맛보게 하며, 특이한 풍습을 두루 구경시켜 주었다. 20년이 지나 외국을 여행하면서 선생님 강의가 얼마나 실감나던지 감탄 또 감탄하며 다녔다. 그때 왜 엽서 한 장도 보내드리지 못했을까? 황 선생님은 다른 선생님들보다 연배가 높았지만 서정적인 멋쟁이였고, 유머와 과장이 심해서 항상 웃음이 출렁이는 바다를 만들었다. 그래서 별명이 '황대포'였다. 여고를 졸업하고 남자친구와 데이트하다가 다방에서 선생님을 우연히 만났다. 고2 때 담임이었던 황약한 선생님은 딸의 남자친구를 만난 것처럼 흥분하시며 많은 이야기를 해 주셨다. 좋은 일이 있게 되면 꼭 연락하라는 말씀을 기억하고, 창덕여고 교감으로 계신 황 선생님께 결혼 청첩장을 들고 찾아뵈었을 때였다. "남편이 퇴근해 들어올 때는 옷매무새를 단정하게, 머리도 어느 날은 도넛 모양으로 틀어 올리고, 또 어느 날은 굽실굽실하게 풀어 내려서 변화를 주라" 하셨다. 학창 시절에 공부는 열심히 하지 않았지만 선생님의 신부 수업은 가슴 깊이 새겨서, 신혼 시절에 그대로 실천하며 지냈다. 선생님은 우리 결혼예식에 오셔서 신부 측 친구들 틈에 끼어서 사진도 찍었다. 신혼 때 셋방살이라 부끄러워서 선생님을 초대하지 못했다. 세월에 떠밀려 사노라고, 선생님께 제대로 인사치레도 하지 못하던 어느 날, 선생님께서 세상을 떠나셨다는 소식을 뒤늦게 들었다. 죄송하고 안타까운 마음은 시간이 갈수록 더 깊어지기만 한다.

권오주 선생님은 여름 방학 숙제로 '역사 현장을 답사

하고 리포트를 제출'하게 했다. 우리 팀은 독립문을 한 바퀴 돌고 독립문이 세워진 역사를 기록해서 제출했다. 선생님은 몹시 실망하는 표정을 지으셨다. 선생님의 의도는 방학 중에 팀원들과 명승고적을 찾아가는 과정에서 우정도 쌓고, 여행의 즐거움도 누려보고, 역사 현장을 탐방하면서 역사 자료를 찾아보는 훈련을 통해 역사 기록의 소중함을 터득하게 하려 했음을 그때는 깨닫지 못했다. 역사를 가르치던 구척장신의 미남 총각 권오주 선생님은 여학생들의 짝사랑 1호였다.

민경희 선생님은 모딜리아니의 그림처럼 목이 길고 가녀린 여인상의 영어 선생님이었다. 민 선생님이 들려주시는 영화 이야기가 환상적이라는 소문이 퍼져서 학생들은 떼를 쓰며 조르곤 했다. 선생님은 "오늘만"이라는 조건을 달고 「나의 청춘 마리안느」라는 영화 이야기를 들려주었다. 세상에 태어나서 그보다 재미있게 들은 이야기는 없었다. 얼마 뒤에 그 영화를 보았는데 대사에도 없고 화면에도 없던 장면을 그림 그리듯 말씀하셨던 민경희 선생님을 회상하며, 그것이 바로 예술이 전하고자 하는 감동이구나, 감탄했다.

교사 2층 복도에서 북한산을 바라보면 학교 담 너머로 한옥 기와지붕들이 보였다. 하얗게 눈이 덮인 기왓장들은 우리 꿈이 가지런하게 포개져 있는 모습이었다. 경기여중·고는 엄격한 교풍으로 학생들이 다소 경직될 수 있는 분위기였다. 그러나 다양한 동아리 모임과 예체능 교육으로 풍성한 감성을 마음껏 발휘하며 꿈을 키울 수 있었다. 가사 시간엔 속옷도 만들어 냈고, 뜨개질로 스웨터와 양말도 떴고, 다과상 차리는 법도 티파티 경연 대회를 통해 익히게 했다. 그중에서도 여자의 삶을 구체적으로 가르쳐 주신 분은 박은혜 교장 선생님과 황약한 선생님이었다.

자유의 날개를 활짝 펴고
날아오르던 이화동산

입학선물이 불꽃을 피우다

합격 축하로 받은 첫 선물은 이미륵의 『압록강은 흐른다』였다. 잔잔하게 이어지는 가족 이야기에 한국의 문화와 얼을 고스란히 담고 있음에 감동했다. 무엇보다 독일어로 쓴 글이어서 더 감탄했고 또한 부러웠다.

1960년도 이화대학 입시 에세이의 주제는 〈물〉이었다. 부산 피란 시절에 가뭄도 아닌데 물이 귀해서 고생하던 이야기를 6.25전쟁의 참상에 곁들여 썼다. 불문학과에 입학하여 박이문 교수님의 첫 강의 시간이었다. 교수님은 강의가 끝나고 나를 밖으로 불러내셨다. 입시 과제였던 〈물〉에 대한 글을 보셨다고 하시며, 앞으로 글을 써보라고 말씀하셨다. 어려서부터 작가를 꿈꾸어 오던 나는 그 말씀에 용기를 내어 틈만 나면 글을 써서 모았다. 어졸하기 짝이 없는 단편을 들고 G 선생을 찾아갔을 때 "불어 공부나 열심히 하라."는 충고를 듣고, 그날로 절망하여 작가의 꿈을 접었다. 그분은 이미륵의 『압록강은 흐른다』를 합격 선물로 주신 분이다. 살아가면서 '세상에 우연은 없다.' 생각하게 되는 일들과 종종 마주치게 된다. 뒤늦게 글을 쓰게 된 것은 결국 G 선생 덕분이었다. G 선생은 나를 '글 쓰는 모임'으로 이끌어 준 구자숙 언니의 친척 오빠였다.

'알리앙스 프랑세즈'에 불어를 배우러 다니면서, 이휘영 교수님이 번역하시던 사르트르의 『구토』를 교정보는 팀에 참여할 기회가 있었다. 그때 실존주의 문학을 처음 접하게 되었다. 원고를 교정보면서 독자로서 책을 읽을 때와는 다르게 많은 것이 보였고, 느낄 수 있었다. 카뮈, 사르트르, 시몬 보바르의 글을 닥치는 대로 읽으면서 소화되지도 않은 실존주의 문학에 그냥 빠졌었다. 1960년대는 6.25전쟁의 후유증으로 학구열에 불타는 학생들도 인생의 불확실성과 부조리한 세상에 저항하는 마음이 팽배해 있었다.

여고 시절엔 러시아 작가 도스토예프스키, 톨스토이, 안톤 체홉의 작품에 감명받고 문학을 하려면 러시아 문학을 공부하고 싶다는 소망을 가졌었다. 그러나 철의 장막인 소련으로는 유학도 갈 수 없음을 생각하고 마음을 돌렸다. 그리고 앙드레 지드, 알퐁스 도데, 생텍쥐페리, 빅토르 위고의 글을 읽으며 프랑스 문학을 지향했다.

대학에 와서 처음 받은 인상은 자기가 듣고 싶은 강의를 선택할 수 있는 자유가 있는 점이었다. 원하는 강의를 수강하려면 새벽부터 줄을 서서 수강 신청을 해야 하는 치열함을 몰랐던 탓에, 첫 학기에 찾은 자유의 결과는 짜임새 없는 시간표를 손에 쥔 것이었다. 덕분에 도서관에서 책 읽을 시간을 많이 가지면서 자유와 책임을 깨달아갔다.

기숙사 생활

집이 효자동이었는데도 지방 학생만 입주가 허용된 기숙사 생활을 하였다. 몸이 약하고 편식이 심해서 단체 생활을 하면서 식습관을 고쳐보라는, 아버지의 간곡한 편지를 곁들여서 입사할 수 있었다. 남동생은 다니는 고등학교 앞에 하숙시켰으니, 우리 남매는 편식을 고치고 자립할 수 있는 습관을 체득하라고 집에서 쫓겨난 셈이었다. 하숙 생활이 힘들었던지, 동생은 가끔 기숙사로 누나를 보러 왔다. 기숙사 앞 잔디밭에 앉아서 별로 이야기도 나누지 않고 동생을 보냈던 것이 지금도 마음을 무겁게 한다. 왜 좀 더 다정하게 학교 구경도 시켜주고, 말하지 못할 고민이 있는지 물어보지 않았던지!

기숙사 규칙은 엄격해서 저녁 9시 점호 시간엔 방에 있어야 했다. 9시가 임박하면 후다닥 방으로 돌아오는 발소리로 복도가 소란스러웠다. 입맛이 있거나 없거나 식사 시간에 늦지 않고 식당에 가야 했다. 아침식사에는 미역국과 멸치볶음, 계란반숙이 고정 메뉴였다. 집에서는 잘 먹지 않던 미역국과 멸치볶음(큰 멸치였다)이나 식탁에 오르는 반찬을 먹을 수밖에 없으니, 식습관을 고칠 수 있는 최적의 훈련소(?)였다.

유일한 베트남 유학생이 불문과 선배인 김인환 언니와 룸메이트였다. 한 마디라도 불어로 대화하고 싶어서 식사 시간에는 그 학생과 같은 식탁에 앉곤 했다. 그러나 대화를 끌어내지 못하고, 베트남에 대해서는 무엇 하나 질문도 하지 못했다. 불어 회화에 목말라하던 끝에 사감 선생님께 저녁 9시까지 귀가하겠다는 허락을 받고, 불어 학원 알리앙스 프랑세즈에 다녔다. 그 시절엔 외식하는 분위기도 아니었고 그럴만한 여유도 없는 형편이었다. 룸메이트가 저녁식사 시간에 내 몫의 밥을 방으로 가져다 놓으면, 집에서 보내온 장조림을 반찬으로 늦은 저녁을 먹곤 했다. 그 맛은 지금까지도 잊을 수 없는 꿀맛이었다.

기숙사 생활은 나에겐 많은 추억과 공동생활을 즐겁게 영위할 수 있는 성품을 다져 준 수련 기간이 되었다. 무엇보다 편식을 고쳐서 지금은 음식을 가려 먹지 않는다. 신혼 시절에 친구 부부와 한 지붕 두 가족으로 살면서 불편을 느끼지 않고 오순도순 즐겁게 지낼 수 있었다. 친정 삼 남매가 집을 같이 짓고 한 지붕 세 가족으로 이십 년을 서로 보살피며 진정한 평안을 누릴 수 있었던 것도 기숙사에서 훈련된 공동생활의 질서와 습관이 가져다준 선물이라 생각된다.

아르바이트 에피소드

아버지 사업이 실패를 거듭하여 궁정동 집을 팔고 삼양동에 셋집을 얻어 이사했다. 지금 생각해도 왜 그 먼 삼양동으로 이사했을까, 의문이 풀리지 않는다. 어린 동생 둘은 청운국민학교에 다니고, 둘째 동생은 경기중학교에, 첫째 동생은 고려대학교에 재학 중이었는데, 가난한 살림을 꾸려가며 온갖 고생을 하셨던 어머니가 고심 끝에 이사를 결정했을 것이다. 어머니 생각을 하면 "불쌍한 우리 엄마"라는 말이 무의식중에 튀어나온다. 그러나 어머니는 한 번도 우울한 표정을 지은 적이 없었다. 부지런하고, 바느질 솜씨, 음식 솜씨가 뛰어나고, 항상 밝게 웃곤 하셨다. 서울로 유학 온 친구들이 오면 어머니는 푸성귀만 올리던 상에 생선조림을 곁들여 주었다. 두레상에 둘러앉은 동생들과 내 친구들은 생선조림을 서로 양보하다가 결국엔 남기곤 했다. 배려하고 양보하는 태도를 그렇게 밥상머리에서 배웠다.

학교에서 장학금을 받고 있었지만, 아르바이트로 불어를 가르치러 다녔다. 등교하기 전 새벽에 명동성당에 계시는 캐나다 수녀님에게 불어 회화를 배우러 갔다. 오는 길에 친구 여동생에게 불어를 가르치고 나서 학교로 허둥지둥 가곤 했다. 저녁에 우리 집으로 불어를 배우러 오는 남자가 있었다. 그는 미군 부대에서 일하는 사람으로 메릴랜드 대학을 지망한다는 청년이었다. 시간당 수업료를 내겠다며, 자기가 담배 피우는 시간은 수업 시간에서 제하고 수업료를 내는 철저한 학생이었다. 떠들고 웃고 하는 여학생들을 그룹으로 가르칠 때가 제일 난감했다.

졸업반 때, 연세대학교 이 교수님 댁에서 입주 가정교사를 한 적이 있다. 이 교수님은 프랑스에서 박사 학위를 취득하기 위해 불어를 배워야 했다. 외할머니와 어머니, 교수님 여인 삼대가 사시는 조용한 가정이었다. 미혼인 교수님과는 공중목욕탕에도 함께 가곤 했지만 늘 어렵게 느껴졌다. 데이트하다가 저녁에 늦게 들어간 적이 있었다. 우리 부모님보다 더 엄격하고 무섭게 느껴지던 기억에 지금도 가슴이 서늘하다.

엉뚱발랄한 학생들

『그리고 아무 말도 하지 않았다』의 작가, 전혜린 교수는 문리대 앞 다방에서 편하게 둘러앉아 강의한다는 소문이 있었다. 그 소문이 부러웠던 우리는 이대 교문 앞 다방 '석굴암'으로 몰려가 앉아서 박이문 교수님을 억지로 모셔다가 시 강의를 들었다. 강압적인 학생들의 태도에 좀 당황했던 교수님은 학생들보다 더 즐거워하셨다.

먹골배에 단맛이 드는 어느 가을날이었다. 과 대표는 우리에게서 버스표 2장씩을 걷었다. 문학개론을 강의하는 문리대 학장이신 이헌구 교수님과 그날 강의가 있는 손석린 교수님을 모시고, 버스를 대절하여 태릉으로 휘잉 달려갔다. 태릉 주위로는 먹골배 밭이 유명했다. 태릉은 중종의 제2계비인 문정왕후의 능묘이다. 문정왕후 능묘 앞에 자리를 잡고, 단물이 뚝뚝 떨어지는 배를 한 접이나 사 놓고, 강의는 휴강하자고 떼를 부렸다. 교수님들도 우리의 엉뚱발랄한 제안에 그만 손을 들고 함께 흥겨워하셨다. 학생들의 젊은 끼를 이해하고 주머니 사정도 잘 아는 버스 기사님은 버스표 2장씩 받고 신촌에서 태릉까지 태워다 주었다. 싱그러움과 일탈의 기쁨이 출렁이는 사진엔 이헌구 교수님, 손석린 교수님, 38명의 여대생이 활짝 웃고 있다. 젊음이 넘치는 추억의 사진이다.

대학생이 되면서 제일 먼저 바뀌는 것은 의상, 구두, 머리모양이었다. 여고생의 갑옷이었던 교복을 벗자, 점퍼스커트에 짧은 조끼를 받쳐 입는 볼레로가 여대생의 유니폼처럼 유행했다. 머리는 위로 부풀려 올리는 후카시 머리였다. 머리가 한껏 부풀어 오른 그때의 사진을 보며 지금은 배를 쥐고 웃는다. 구두는 흰색과 검정, 흰색에 고동색으로 조화를 이룬 콤비라고 부르는 단화를 주로 신었다. 나는 개성을 발휘할 수 있는 대학생이 되었으니 유행하는 스타일을 무조건 따르고 싶지 않았다. 교복치마를 타이트스커트로 만들어 입고, 겨울에는 크림색 털실로 스타킹을 떠서 신고 다녔다. 금강제화에서 뒤꿈치에 끈을 매는 빨간색 특이한 구두를 맞추어 신었다.

원서가 귀해서 사기도 쉽지 않아 주로 프린트된 텍스트로 공부하던 시절이었다. 미장원에서 머리 손질하는 값이면 붙어 원서 한 권을 살 수 있어서 미장원에도 가지 않았다. 책가방 대신 두터운 원서를 한 아름 안고 다니는 것이 여대생의 트레이드마크인 양 모두 책을 안고 다니는 것을 좋아했다.

학교 도서관에 원서가 귀해서 과제를 받으면 서울대학

이나 외국어대학에 다니는 친구에게 자료를 부탁하기도 하고, 아예 리포트를 떠안기기도 했다. 리포트 자료를 구한다는 명목으로 남학생들과 가화다방이나 금란다방에 모여서 엽차를 여러 잔 청해 마시며 눈총을 받기도 했다. 불어사전과 씨름하다가도 음악 감상실 르네상스로 달려갔다. 약속하지 않아도 그곳에 가면 보고 싶은 사람들을 만날 수 있고, 음악을 마음껏 들을 수 있는 문화와 자유의 공간이었다.

단체 미팅이 유행하여 과 전체가 출동하는 단체 맞선보기가 있었다. 미팅 제안이 오면 모두 흥분하여 머리 손질이며 새 옷을 맞춰 입기도 하면서 설레었다. 성탄절 단체 미팅에서 세 쌍이 맺어져 지금도 사랑의 보금자리를 가꾸고 있다. 이름을 대면 세상이 다 아는 유명인 부부도 있다. 여중 시절부터 독서 동아리로 이어오는 친구들과는 경찰서나 방범 초소에서 근무하는 분들에게 선물 꾸러미를 나누어주면서 성탄절을 즐겼다.

타원회의 추억

불문학회라는 이름으로 서울대, 외국어대, 성균관대, 숙명여대, 이화여대 등 다섯 대학이 모여서 친목을 도모하고 동인지도 만들자는 원대한 포부를 품고 출발했다. 처음 모였을 때 학회 이름을 서울대학생 김승옥의 발의로 둥그렇게 둘러앉았으니 '타원회'가 어떠냐고 하여 만장일치로 '한국불문학회타원회'로 명명했다. 모여서 배구 시합도 하고 찻집에서 커피를 마시며 낯을 익혀갔다. 시와 단편 소설 번역을 하자고 했지만 동인지를 한 권도 출간하지 못한 채 이듬해 김승옥이 한국일보 신춘문예에 「생명 연습」이 당선되면서 타원회는 흐지부지되고 말았다. 왜 그랬을까? 혜성처럼 떠오른 김승옥을 가까이에서 지켜보기엔 우리 마음이 너무 옹졸했던 것이었을까? 회원들은 서울대 김승옥, 김광남(김현으로 개명함), 김치수 등이 기억나고, 이름을 올릴 수 없는 사람(프랑스 유학 중 월북함)도 있다. 그 뒤에 남학생들끼리 '산문시대'라는 동인지를 발간하였고, 우리는 배포하는 일을 돕기도 했다. 김승옥 작가는 그 뒤로 승승장구 많은 작품을 남기고, 지금은 신앙인으로 자유로운 삶을 누리고 있다. 서울 대학 교수로 있던 김현은 아쉽게도 1981년에 세상을 떠났고, 김치수 교수도 2014년에 본향으로 돌아갔다. 타원회의 추억, 향기 진동하는 봄날의 꿈이었다.

김치수는 이화여대 교수로 10여 년을 이화동산에서 함께 근무했다. 김치수 교수가 투병 중일 때였다. 김치수 교수 부인도 이화여대에서 함께 근무하는 동료이자 친구였다. 그녀는 동료 친구들과 자기 남편을 위해 부암동 맛집에서 점심 자리를 마련했다. 우리는 예전처럼 웃으며 정겹게 이야기를 나누었지만, 마음 한구석엔 곧 다가올 이별의 애달픔에 가슴이 아렸었다. 그날이 김치수 교수와의 마지막 만남이었다.

영원히 잊을 수 없는 은사님들

이화대학이 세워지게 된 것은 미국 선교사 스트랜톤 부인이 선교를 목적으로 이 땅을 밟게 되면서부터였다. 남성우위 관습의 깊은 잠에서 깨어나지 못하고 있던 19세기 말엽에 여성 교육의 기회를 열어주었다. 1886년, 정동 언덕바지에서 시작한 이화학당으로 이화의 주춧돌을 놓았다. 미스 아펜셀러는 선교사 헨리 아펜셀러의 딸로 이 땅에서 태어난 최초의 백인 아기였다. 어린 시절을 서울에서 지내고 고향 펜실베이니아로 돌아갔다가 서른 살이 된 1915년에 이화에 선교사로 왔다. 이화학당의 6대 당장이 된 아펜셀러는 수만 통의 편지를 쓰고, 모금 여행을 하며 기도한 끝에, 드디어 신촌에 캠퍼스를 지을 수 있었다. 그러나 외국인에 의한 공공기관 운영을 금지한다는 일정 시대의 정책으로 아펜셀러 교장은 은퇴하였다. 이 땅에 여성 교육의 터전을 만들고 가신 그분들은 이화인들이 두고두고 기억해야 할 영원한 은인들이다.

1939년, 한국인 최초의 학장으로 임명된 김활란 총장은, 이화학당 출신으로 40세에 7대 학장이 되었고, 22년

간 이화를 세계 제일의 여자대학으로 키워 놓았다. 6.25 전쟁이 일어난 1950년 8월부터 몇 개월간 공보처장직을 맡았다. 1.4후퇴를 하자 피란지 부산 필승각에 박물관을 만들어 공개시키고, 영문 잡지, 영자 신문 『코리아 타임 스』를 창간하였다. 위기에 놓인 우리 현실을 세계에 알리기 위해 여러 간행물을 출간할 때, 공보처 출판계에 근무하던 아버지는 출판 업무를 함께 하면서 김활란 선생님과 가깝게 지냈다. 김활란 선생님은 통치마에 반소매 저고리를 입고, 머리는 뒤로 빗어 넘긴 짧은 커트 머리였다. 단정하고 단아한 그 자태가 그립다. 이화대학을 졸업하려면 김활란 선생님의 '여성학'과 김옥길 선생님의 '기독교문학'을 꼭 이수해야 했다. 낭랑한 목소리로 '여성학' 강의 시간에 지성인으로 살아가는 생활 습관에 대해서 말씀했다. 지금도 지키며 살아가는 습관 중 하나로, 공중화장실을 이용할 때 손을 씻고 비치된 휴지로 손을 닦고 나서 세면기 주변에 흘린 물기를 닦은 뒤 휴지를 휴지통에 넣곤한다. 아주 사소한 일이지만 그 습관 하나를 지키는 것으로 세계 어디를 여행해도 문화인의 품위를 지킬 수 있다.

학창 시절에서 특별히 기억되는 시간은 채플 시간이었다. 채플 역사를 살펴보면, 채플에 대한 공식 기록은 1896년으로 예배 시간은 15분간이었다. 일정 시대엔 1941년 2학기부터 1945년 8월 15일까지 채플을 보지 못하게 했다. 그러나 불타오르는 신앙심마저 짓밟지는 못하였다. 이화 캠퍼스를 신촌에 건립한 아펜셀러 선생님이 1950년 2월 20일 채플 시간에 설교하다가 순직하시는 안타까운 사건이 있었다. 휴전협정이 되고 1953년 11월 26일에 김활란 총장은 '국군과 유엔군에 감사한다'는 설교 제목으로 본교 수복 감사 예배를 드렸다. 그 예배는 이화 채플 역사에서 잊을 수 없는 큰 감동을 남겼다.

이화의 창설과 더불어 시작된 채플은 출석 체크를 엄격하게 했고, 출석 일수가 모자라면 유급도 되었다. 전공 학과가 다른 친구들도 대강당에 모여서 함께 예배를 드리고 교수님들의 명강론을 들을 수 있었다. 『대지』의 저자 펄벅 여사를 1961년 채플에서 만나볼 수 있어 감격했던 기억이 있다. 미국 부흥 목사 덴만 박사의 설교를 듣고, 두 손을 높이 들고 예수님을 영접한 학생들이 많았다. 무신론자였던 내 단짝 친구도 두 손을 들고 있었다.

1961년 총장직을 물려받은 김옥길 선생님은 똑같은 통치마에 저고리를 입었지만, 김활란 선생님과 분위기가 아주 달랐다. 선생님의 우렁우렁한 목소리를 들으면 정신이 번쩍 들면서 마음은 푸근해졌다. 한마디의 변명도 통하지 않을 것 같은 눈빛은 김옥길 선생님의 속 깊은 인자함이었다. 김옥길 선생님이 총장이 되기 전 '기독교 문학' 강의를 들을 때였다. 성경을 읽고 자기 의견을 피력한 리포트를 강의 때마다 제출했다. 졸업하고 이화여대에 취직 원서를 냈을 때 김옥길 총장님은 '기독교문학' 강의 때 과제물 제출하던 내 태도를 기억하고 계셨다. 선생님의 놀라운 기억력은 참으로 귀한 달란트였다.

서울대학 김붕구 교수님의 보들레르 강의는 인기 절정이었다. 이화여대에도 명강의를 하는 교수님이 많았지만, 강사로 오시는 김붕구 교수님의 강의를 기다리곤 했다. 상징주의 시인 보들레르의 「악의 꽃」을 암송하며 시인의 고통을 함께 아파하던 시절이었다. 서울대학 교수님의 강의를 듣는 것이 마치 학구파의 표상이라도 되는 양 서울대학 강의실로 가서 청강도 하였다. 타원회 친구들은 짓궂게 "등록금 안 낸 학생들은 나가십시오." 하고 외쳤지만 못 들은 척 강의실을 드나들었다. 14년이 지나 김붕구 교수님은 드디어 『보들레르 평전』을 출간했다. 보들레르를 사랑하던 제자를 잊지 않으시고 친필 사인을 해서 책을 주셨다. 교수님의 격정적이고 감동적인 글을 읽으면서 보들레르와 교수님이 하나의 상으로 겹쳐 떠올랐다.

이진구 교수님은 문학도들이 짝사랑하는 로맨틱한 분이었다. 상급생 언니가 교수님을 좋아한다는 소문이 돌고 있었다. 그때부터 이진구 교수님 강의 시간에 들어가기 싫어졌다. 서울대 강의실에서 청강하면서 이진구 교수님 강의를 한 학기 내내 듣지 않았다. 학기말 시험을 리포트로 제출하게 되었지만 리포트도 제출하지 않았다. 교수실로 호출을 받고 교수님과 마주 앉았다. 리포트를 제출하지 않은 이유를 들으시고 교수님은 "바람의 소리를 들어보았느냐?" 하셨다. 바람은 부딪치는 것에 따라 소리가 다르게 울린다는 것을 깨닫고는 어떠한 소문도 직접 듣기 전에는 믿지 않기로 했다.

박이문 교수님은 시인으로보다는 철학자로 더 알려져 있다. 그러나 그분을 가까이에서 지켜본 사람은 시인의 천품을 품고 지내신 학자임을 느낄 수 있다. 시인의 꿈을 이루어 보려고 프랑스로 유학을 떠나 말라르메 시 연구에 몰입했지만, 채워지지 않는 허기증에 철학의 문을 두드리게 되었다. 카잔차키스는 "시인은 창조하고 안식을 찾았지만, 철학자는 분석하고 분류하고 절망을 발견했다."고 말했다. 박이문 교수님도 같은 고민 끝에 현대 철학자들과 교류하고 논쟁하면서, 자신이 원하며 일생을 추구해 온 것이 무엇인지 깨닫게 되었다. "마음과 기억이 머무는 거처, 마음과 몸이 가장 편안할 수 있고 행복할 수 있는 거처, 모든 종류의 갈등으로부터 해방될 수 있는 곳, 그곳은 바로 언어의 둥지, 시詩다. 둥지 안에서 진정한 의미의 휴식을 얻을 수 있고 행복을 체험할 수 있다." 마침내 언어의 둥지 철학을 발표하였다.

금지와 해제

1962년 5월에 음악 공연 사상 최초로 서울국제음악제가 세종문화회관에서 열렸다. 음악회가 끝나고 지금의 교보문고 자리에 있었던 금란 다방으로 몰려들 갔다. 우리 일행은 음악과 자유로운 분위기에 휩싸여 밤이 깊어 가는 줄도 몰랐다. 새벽 2시가 넘어 광화문에서 효자동 집으로 오는 길은 광활한 우주의 광장이었다. 자유의 날개를 활짝 펴고 하늘 높이 스윙하듯 날고 또 날아올랐다.

야간 통행 금지법은 1945년 8월 15일 광복 후에 실시하기 시작하였는데, 전두환 대통령 시절 1982년 1월 5일에 특수 지역만 제외하고 전면 해제되었다. 야경꾼이 치는 딱따기 소리를 듣고, 자정이 지나면 밖으로 나다니지 못하는 것으로 알고 자란 우리 세대는, 불편을 느끼면서도 당연히 지키고 순응해야 하는 것으로 생각했다. 뜻밖에도 국제음악제 기간에 야간 통행금지가 한시적으로 해제되었다. 야간 통행금지가 해제된 것이 그렇게 흥분되고 자유롭게 느껴질 줄은 몰랐다. 모든 족쇄가 풀리고 몸과 마음뿐 아니라 정신문화까지도 되돌려 받은 듯했다.

집으로 오는 밤길에 흑기사를 자청한 청년이 "창문을 열어다오."를 목청껏 부르면서 골목으로 들어서는데 대문 앞에 아버지가 서 계셨다. 노래하던 청년이 당황하여 "안녕히 계십시오." 하고는 달아나듯 가는 뒷모습에 대고 아버지는 "고맙소." 하셨다. 음악회가 얼마나 감동적이었는지, 금란 다방에서 친구들과 이야기꽃을 피우느라 시간 가는 줄 몰랐다고, 아까 그 청년은 소설을 쓰는 L군으로, 호위무사를 자청한 것뿐이라는 등 변명을 좀 하려는데 아버지는 "고단할 테니 어서 들어가 자거라." 하며 방으로 들어가셨다. 딸의 품행을 믿어주는 아버지 마음을 읽을 수 있었다. 그 일이 있고 난 뒤, 나는 어떤 상황에도 누구에게도 변명하지 않았다.

모든 금지와 해제와의 거리는 이 끝에서 저 끝인 것 같으나 맞닿아 있다. 그 바탕에는 순응과 자유가 공존한다. 야간 통행금지가 사라진 지금도, 밤이 깊어지면 집으로 돌아가는 발걸음이 바빠진다. 누구의 제재나 금지 때문이 아니라, 주어진 자유를 제대로 누리기 위해서 자유를 존중하는 마음이 앞서기 때문일 것이다.

우울한 졸업식

4년을 열정에 사로잡혀 하루 24시간이 모자란 듯 한껏 활용하며 다니던 대학을 졸업하는 날이었다. 3년이나 장학금을 받으며 대학의 혜택도 풍성하게 누렸다. 그런데 졸업식장에선 감사도 잊어버리고 감격스럽지도 않았다. 매캐한 먼지가 자욱한 공간에 우두커니 서 있는 기분이었다. 이제 내 삶은 어느 길로 가야 하나, 마음이 복잡하고 납덩이가 얹힌 것처럼 무거웠다. 꿈꾸어 오던 프랑스 유학을 갈 수 있을까? 국비유학은 달나라에 가는 것만큼이나 어려웠다. 자비유학은 꿈도 꿀 수 없는 형편이었다. 졸업식이 진행되는 동안 내 맘은 안개가 낀 듯 답답했다. 졸업생들에게 무슨 말씀을 주셨는지도 기억나지 않는다. 이화동산은 오늘로 마지막이란 생각이 들자, 거친 벌판을 헤매고 다니는 양 한 마리가 떠올랐다.

대강당에서 졸업장을 받고, 복작거리는 교정에서 가족과 친구들을 찾아 기념사진을 찍고 선물을 받으면서 졸업 분위기에 휩싸였다. 나를 축하하러 온 남자친구들은 이십여 명이었다. 어머니와 누나까지 모시고 온 친구들도 있었다. 누구와 따로 시간을 가질 수 없어서, 우리 가족끼리 광화문까지 걸어서 집으로 갔다. 신촌 일대가 졸업식에 참석했던 사람들로 인산인해였다. 택시도 버스도 만원이고, 식당도 만원이어서 어디에도 갈 수 없었다. 나의 학창 시절은 십육 년 만에 이렇게 쓸쓸히 막을 내렸다.

결혼 이야기

인연의 시작

　만주에서 소꿉동무였던 경순이는 8.15광복 후 한국에 함께 돌아온 친자매 같은 친구이다. 그녀의 아버지는 귀국한 뒤 여러 학교를 거쳐 충청북도 화당국민학교 교장으로 봉직하고 있었다. 서울에서 시간에 얽매여 살다가 여름 방학 때 그들 집으로 가면 시골 정취에 흠뻑 젖어 몸도 마음도 편안하고 느긋해졌다. 그 집 남매는 서울로 유학 와서, 경순이는 우리 집에서 나랑 같은 방에서 지냈다. 졸업을 앞둔 가을에, 경순이의 결혼식에 참석하기 위해 제천으로 가는 길이었다. 박달재를 굽이굽이 넘어가는 시골 버스에서 DS를 처음 만났다. 그는 예비 신랑과 대학 동창으로 함진아비 일행이었다. 그는 건축과를 졸업한 뒤 취직 원서를 여기저기 보내놓고 합격 통지서를 기다리던 중이었다. 그때는 대학을 졸업하고도 직장 얻기가 장원급제하기보다 어려워서 파독 간호사나 광부로 취업하던 실정이었다.

　박달재를 넘는 버스는 헌칠한 청년들과 여대생들의 열기로 휘발유 없이도 쌩쌩 달릴 것 같았다. 신부 댁으로 가는 길에 개울을 건너야 하는데, 이미 날이 저물었다. 냇물에 어룽어룽 비치는 달빛만이 어둠을 밝혀줄 뿐, 풀벌레 소리도 잠이 든 정적이 주위를 감싸고 있었다. 조심조심 징검다리를 건너고 있을 때였다. 비엔나 합창단 소년이 부르는가? 싶은, 맑고 고운 노래가 들려왔다. 달빛을 타고 하늘에서 내려오는 듯 감미롭고 황홀했다.

신부 댁 별당에서 함진아비들과 신부 친구들을 위한 잔치가 벌어졌다. 개울가에서 들려오던 청아한 목소리의 주인공이 누구인지 궁금해서 견딜 수 없었다. 갑작스러운 내 질문에 어느 한 청년에게 일제히 눈길이 쏠렸다. 그 청년은 미소를 띠고 수줍은 듯 나를 바라보았다. 그런데 느닷없이 DS가 자기가 노래를 불렀다고 나섰다. 거짓말인 줄 눈치챘지만, 짐짓 모른 척 넘어갔다. 관심을 얻기 위해서 엉뚱한 거짓말을 하는 어린아이 같은 그에게 오히려 관심이 생겼다. 그는 서울로 돌아오는 기차에서도 내 옆 좌석에 앉은 사람에게 양해를 구하더니, 자리를 바꿔 내 옆에 앉아서 서울까지 왔다.

'파스칼의 팡세Pensées' 강의 시간이었다. 느닷없이 교실에 나타난 DS는 나에게 나오라고 손짓했다. 무안해서 교수님에게 죄송하다는 눈길만 보내고 있을 때였다. 그는 거듭 나오라고 재촉했고, 교수님께서도 어서 나가라고 하셔서 하는 수 없이 쫓겨 나왔다. 서울대학 교수님의 강의였고, "생각하는 갈대"라는 철학적 인간관을 발표하여 큰 반향을 일으킨 파스칼의 사상을 꼭 듣고 싶었던 시간이었다.

대학을 졸업하자 이진구 과장 선생님은 신랑감으로 치과 의사를 소개해 주었다. 독신주의는 아니었지만, 결혼이라는 제도에 묶여 안주할 준비가 되어 있지 않았다. 자신의 꿈과 재능을 펼쳐볼 틈도 없이 집안 살림과 가족 돌보는 일로 다람쥐 쳇바퀴 돌듯 사시는 어머니를 지켜보면서 결혼에 대해 회의적이었다. 과장 선생님께 결혼에 대한 내 의사를 말씀드렸더니, 중앙정보부에 불어 강사 자리를 추천해 주었다. 출근한 지 얼마 되지 않아서, 나를 두고 직원들이 내기한다는 소식을 친구 오빠가 듣고 당장 직장을 그만두라고 충고했다. 그 이야기를 들은 DS는 과장 선생님을 찾아 뵙고 "제가 프랑스 유학을 보내겠습니다." 호기롭게 말씀드렸고, 결국 나는 친구들이 선망하던 직장을 떠났다. 결혼을 약속한 사이도 아니었지만, 과장 선생님은 그의 의사를 존중해 주었다.

나는 교사 자격증이 없어서 교사로 취직할 수가 없었다. 어처구니없이 직장을 잃었는데, 다행히 옛 남자친구 Y 아버지의 추천으로 주한 외국인의 국제 이사화물을 관리하는 회사에서 타이피스트로 일하게 되었다. DS는 내 퇴근 시간에 맞춰 와서는 집까지 데려다주곤 했다. 날마다 반복되는 일에 곤혹스러워하는 나를 보다 못한 회사 전무님은, 나에게만 30분 일찍 퇴근하는 것을 허락했다. 정규 퇴근 시간보다 일찍 퇴근하게 되자, 친구를 만나 영화도 보러 가고 르네상스에서 밤늦도록 음악을 들을 수 있었다. 그런 날엔 그가 우리 집으로 가서 동생과 바둑을 두면서 내가 귀가하기를 기다렸다. 밤 10시가 되면 통금 시간 때문에 내가 들어오는 것을 보지 못한 채 그냥 집으로 돌아갔다. "열 번 찍어 안 넘어가는 나무 없다."는 속담처럼 365일을 매일 찾아오는 그에게 항복하고 말았다. 무엇보다 어머니 마음을 생각하면 무슨 방도를 찾아야 했다. 넉넉지 않은 살림에 매일 딸을 보러 오는 청년에게 무엇을 대접할지 발을 동동 구를 지경이라 하셨다.

여고생에게 불어를 가르치는 집 앞에 와서 DS가 나를 기다리던 어느 날이었다. 그날은 수업을 일찍 끝내고 친구를 만나러 갔다. 겨울이어서 코트 깃을 올리고, 내가 나오기를 기다리며 대문 앞에서 서성이는 그를 순찰이 수상하게 여겨 붙잡았다. 그의 이야기를 다 듣고, 사실 확인을 위해 집주인을 찾았다. 내 학생 E양이 나와서 신분 확인이 되자 그는 풀려날 수 있었다.

부모님의 개방적인 교육 덕분에

만주에서 태어나신 어머니는 남아선호 사상의 희생물이 되어 학교에 다니지 못했다. 오빠들 어깨너머로 글을 배우고 익혀서 책을 읽으며 학교 공부를 대신했다. 어머니는 책을 많이 읽었지만, 정규교육 받지 못한 것을 늘 아쉬워했다. 딸에게 "사람이 누릴 수 있는 것은 무엇이든 하고 싶은 일을 마음껏 하며 살아라." 누누이 말씀하셨다. 아버지는 아들이나 딸이나 차별을 두지 않았고, 도우미에게까지도 공평하였다. 여고 때, 우리 집에서 남학생들과 독서 미팅을 할 때는 아버지도 참석하였다. 그때 아버지는 이광수의 책과 톨스토이의 책을 추천해 주었다.

결혼을 전제로 하지 않았기 때문에 매일 다른 친구를 만날 수 있을 만큼 남자친구가 많았다. 그들은 하나같이 생김새가 다르듯 성품도, 취향도, 전공 분야도 달라서 각각 매력이 있었다. 친구가 되고 싶어 하는 남자에게 미리 선포하곤 했다. "여자친구는 아무리 많아도 문제가 되지 않는데, 친구의 개념이 남녀가 왜 달라야 하는가요. 나는 친구로만 지내고 싶어요. 나를 독점하고 싶은 마음이라면 만나지 마세요." 그래서 데이트 중에 다른 남자친구를 길에서 만나게 되면 서로를 인사시키곤 했다. 그것을 못 견뎌 하는 남자는 자연히 떠나갔다.

남자친구가 집에 데려다주는 길에 아버지를 만나면 "집에 가서 저녁 먹고 가거라." 하셨다. 만날 때마다 다른 청년인데도 아버지는 늘 같은 말씀을 하셨다. 반죽 좋은 친구는 어머니가 빚어주는 만두를 먹고 가기도 했다. 오 남매의 고명딸은 어머니를 무던히도 힘들게 했다. 아버지는 딸의 판단을 존중해서 남자친구 문제에 대해 이래라저래라하지 않았다. '정직하게, 몸가짐 바르게'만 지키면 되었다. 부모님에게 남자친구에 대해서 미주알고주알 이야기했다. 친구가 되면 그 가족들하고도 친하게 지냈다. 그래서 어머니는 친구들의 가족 이야기까지도 다 기억하셨다. 부모님의 개방적인 교육에서 자유를 누리며 사는 법을 터득했다. 자유를 얻으려면 법을 지켜야 하고, 정직해야 한다. 자유로운 분위기에서 자랐기 때문에 '여자는 이러면 안 된다, 여자니까 이렇게 해야 한다.'는 제약을 수긍할 수 없었다. 그렇게 딸을 교육하신 아버지도 "딸은 반쪽도 많다."고 하셨다니, 고명딸 때문에 아버지 마음이 얼마나 불안하고 힘드셨던 것일까?

결혼행진곡

DS의 끈질긴 집착에 도망가고만 싶었다. 그의 계속되는 집착에서 벗어나는 방법은 그와 결혼하는 것뿐이란 결론을 얻었다. 그리고 깊이 생각해 보았다. 내가 뭐 그리 대단하다고 한 남자를 저렇게 힘들게 하나. DS의 막무가내 열정에 마침내 조건을 달고 결혼을 생각해 보겠노라 했다. "한 남자의 아내로서만 내 시간을 다 바칠 수는 없다. 꿈과 자유를 가진 인간으로 대우받고 싶다." 그는 내 요구를 모두 수용하겠다며 청혼했다.

그의 첫인상은 머리는 영특한데 철부지 같아 보였다. 다부지고 억척같은 데가 없어서 가장의 소임을 제대로 하려나 걱정이 될 정도였다. 그는 매번 택시가 서지 않을 곳에 가서 기다리곤 했다. 모든 일에 요령이라곤 찾아볼 수 없는 고지식한 사람이었다. 그를 밀어내지 않은 이유는 나를 이해하고 존중하는 마음이 한결같아서였다. 결혼한 뒤에도 그 마음과 태도가 표변할 사람 같지는 않았다. 나는 그때나 지금이나 물질에 큰 비중을 두지 않았다. 성실하고 부지런하면 물질은 필요한 만큼 저절로 따라온다고 믿었다. 그리고 학벌도 까다롭게 따지지 않았다. 정규 과정을 무난히 졸업했으면 성실함의 조건은 갖추었다고 보았다. 인물은 험악하거나 간사한 인상이 아니고 건강하면 만점이었다. 재벌이나 엘리트나 미남은 관심 밖이었다. 그런 조건을 가진 청년들이 있었지만, 그것을 대단한 자산으로 여길 사람에게 발목 잡히기 싫어서 아예 외면했다. 정상적인 부모 슬하에서 형제자매들이 화목한 것을 제일 중요하게 여겼다. 무엇보다 약속을 소중하게 여기고, 책임감이 있어야 한다는 게 조건이었다.

그를 만난 지 2년이 되어가는 어느 날 저녁에 그는 우리 집으로 달려왔다. 드디어 취직되었다고 아버지에게 넙죽 엎드려 절하고 나서 "따님을 저에게 주십시오, 행복하게 해주겠습니다." 하였다. 아버지는 무직인 그에게 한 번도 직장 문제를 거론하신 적이 없었다. 많은 남자친구 중에 DS가 내 곁에 남았다. 그가 취직한 지 한 달 만에 약혼식을 하고, 나는 직장을 그만두었다. 내가 다니던 덕수교회 최거덕 목사님 주례로 YWCA 회관에서 결혼예식을 올렸다. 남들이 빌려 입던 드레스를 입고 싶지 않아서, 어머니가 흰 공단으로 만들어 준 한복을 입고 신부 입장을 했다. 아버지를 떠나서 어찌 살 수 있을까, 신부 입장하기 전에 계속 울어서 화장을 다시 해야 했다. 신혼여행을 워커힐로 갔는데, 짓궂은 신랑 친구가 두 번이나 찾아왔다.

안암동에 첫 둥지를 틀다

한 남자의 아내로 살아간다는 것은 나에게 주어진 모든 기회를 스스로 포기하는 것으로 생각하던 내가 안암동에 신혼살림을 차린 것은 1965년 가을이었다.

우리의 보금자리는 '민족 역사 연구소' '동양 철학 연구소' 두 개의 팻말이 '박금'이라는 문패와 나란히 붙어 있는 이층 양옥집 문간방이었다. 목소리에서 카랑카랑한 쇳소리가 나는 박금 할아버지는 처음 이사 들어오는 새댁에게 변소 청소하는 방법부터 가르쳤다. 사용할 때마다 나무 뚜껑을 열고, 용무를 마친 후에는 잊지 말고 뚜껑을 닫아야 하는 재래식 변소였다.

꿈은 아침 햇살에 안개 스러지듯 사라졌고, 남편과 주인집 할아버지, 두 사람을 위해서 내 시간을 몽땅 바쳐야만 했다. 허약하고 철없는 딸이 걱정된 친정아버지가 오셨기에, 주인집 할아버지를 모시고 저녁을 대접했다.

이튿날 할아버지는 우리 부부를 이층 서재로 부르더니 흰 봉투를 주며 열어 보라고 했다. 그 안에는 붓글씨로 '첫아들 명전命錢'이라고 쓴 한지와 빳빳한 백 원짜리

한 장이 들어 있었다. 첫아들을 낳으라는 축원과 부귀를 누리라는 기원을 담은 그분 마음의 징표였다. 그리고 뜻밖에도, 내일부터는 당신의 점심을 지어달라고 하면서 1,000원(?)을 주었다.

한 달분의 식비를 받았으니 정성껏 장을 보아 없는 솜씨에 반찬을 만들어서 점심상을 들고 올라갔다. 상을 받고 앉자마자 할아버지는 버럭 소리를 질렀다. 반찬이 너무 많다는 것이었다. 어느 날은 짜다, 싱겁다, 육류보다 콩 음식을 올려라, 눌은밥은 푹 끓여라, 하며 무안을 줬다. 서툰 솜씨에 쩔쩔매면서 서너 달을 지냈을 때였다.

주인집 할아버지는 우리 아버지를 만나고 싶다고 했다. 친정아버지와 함께 저녁식사를 하신 뒤 긴 설명도 없이 집문서를 보여주면서 안암동 집을 우리 부부에게 증여하겠다고 하였다. 세상 물정 모르는 우리는 어리둥절하여 아무 말도 하지 못했고, 친정아버지가 이것은 안 되는 일이라며 극구 말렸다. 그러나 박금 할아버지는 안암동 집을 받을 자격이 있는 사람은 우리 부부라며, 안 받겠다는 우리에게 되레 호통까지 쳤다. 주인어른의 뜻이 아무리 완강하셔도 우리는 집문서를 받을 수 없다고 말씀드리고, 가까스로 그 자리를 벗어났다.

친정아버지는 속히 이사를 서두르라고 일러주고 가셨다. 그리고 이삼 일 뒤 그 댁의 아들딸들이 몰려왔다. 자기 아버지의 고집은 아무도 꺾을 수 없으니, 지혜롭게 떠나 달라고 간곡하게 이야기했다. 우리는 할아버지께 직장 가까운 곳으로 이사해야겠다고 조심스럽게 말씀드리고 나서야 그 집을 떠날 수 있었다. 뜻하지 않은 엉뚱한 시집살이는 이런 식의 줄행랑을 연출해서 간신히 벗어나게 되었다.

나만의 시간을 누리기 위해 독신자로 살기를 원했던, 철없고 이기적이었던 내가 아내로, 어머니로 살아가는 기쁨을 맛볼 수 있었던 것은 신혼 초에 박금 할아버지 댁에서 받은 호된 훈련 덕분이었는지도 모른다. 그 당시에는 힘겨웠지만 그 훈련이 내 삶의 단단한 뿌리가 되어 웬만한 바람에는 흔들리지 않는 여자로 살게 했다.

신혼집에서 맞이한 첫 손님은 우리 결혼예식 사진을 찍어 준 남편의 후배였다. 당시에는 아직 컬러필름이 유통되지 않아서 그는 슬라이드용 컬러 사진을 만들어 갖고 왔다. 나는 사진을 자세히 들여다보지도 못하고 저녁 준비를 했다. 마침 정월 대보름 전날이라 어머니가 보내주신 아홉 가지 나물과 오곡밥을 대접하려고 부엌에서 맴맴 돌았다. 먼저 팥을 삶아 놓고 찰수수와 차조, 검은콩을 넣고 오곡밥을 지었다. 밥도 아니고 죽도 아니고 거무스름한 찰떡 덩어리가 되었다. 쌀을 씻어 다시 안쳤다. 무나물을 하려고 채썰기를 하고 도마를 씻은 뒤 파를 썰었다. 시래기나물을 다듬어서 썰어 놓고 또 도마를 씻었다. 가을에 말려 놓은 가지는 물에 불려 놓고 고사리나물을 준비하고 있는데 남편이 부엌에 나와서 "그렇게 많이 안 해도 돼요." 하고는 한참을 서 있다가 들어갔다. 연탄불 하나로 밥을 두 번 짓고 나물을 하나씩 볶아 내는 동안 밤이 깊었다. 기다리다 못한 남편이 다시 나와서 하는 말, "왜 자꾸 도마만 씻고 있어요?"

밤 10시가 넘자, 손님은 통행금지 시간 전에 가려면 지금 나서야 한다면서 일어섰다. 결국 야간 통행금지 때문에 손님은 빈입으로 돌아갔다. 철없는 새댁은 추운 겨울, 부엌에서 땀을 뻘뻘 흘리며 도마를 닦고 또 닦고 있었다.

그 사건은 너무 부끄럽고 한심해서 잊고 싶은 기억이었다. 오랜 세월이 흘렀지만 이제라도 그분을 초대하여 부끄러움을 털고 싶어서 그 후배의 근황을 물었더니 남편 왈, "이름도 기억이 안 나는데……" 그이도 영영 그 일은 잊고 싶었던 모양이다.

홍수가 휩쓸고 간 한 지붕 두 가족

갑자기 안암동을 떠나게 되었다. 이문동에 집 한 채를 전세 내어, 안팎 친구인 경순네랑 한 지붕 두 가족의 삶을 시작했다. 경순이의 남편 정 선생은 교육자 집안에서 자란 장손답게 동생들도 오순도순 거느리고 예절과 법도가 깍듯했다. 시동생들을 데리고 살면서도 힘든 기색을 드러내지 않고 즐겁게 사는 경순이는 안톤 체호프의 「귀여운 여인」에 나오는 여주인공 같았다. 우리 두 쌍은 세상을 아늑한 둥지처럼 만들고, 서로 의지하며 정겹게 살고 있었다.

1966년에 여름 장마가 계속되더니 중랑천이 넘치면서 인근 낮은 지역이 물에 잠겼다. 도둑 물이 들어 저녁 무렵 마당에 물이 차기 시작했다. 그 시절엔 TV도 없어서 물이 집 안으로 넘칠 때까지도 모르고 있었다. 그 와중에 경순이는 밑반찬을 만들어 놓아야 한다며 종종걸음을 쳤다. 나는 이불, 옷가지 등을 다락에 올려놓고 남편 어깨에 무동 타고 장독대가 잠기고 있는 마당을 빠져나왔다. 수재민들은 인근에 있는 외국어대학 강당에서 수해 복구가 될 때까지 지내게 되었다. 수재민들이 모여 있는 모습을 보는 순간, 경순이와 나는 만주에서 귀국하면서 경험했던 피란살이가 기억났다. 도저히 거기에서는 지내고 싶지 않아서 우리들은 여관을 잡고 물이 빠지기를 기다렸다. 남자들은 가져갈 것도 없는 집을 지킨다고 다락에 올라앉아서 바둑을 두며 밤을 새웠다.

비가 그치고 물이 다 빠져나간 동네는 쓰레기로 뒤덮여 있었다. 부엌살림에 필요한 세간들을 씻어서 마당에 늘어놓고 햇볕에 말리는 중에 그것들을 도둑맞았다. 재래식 변소가 물에 잠겼으니 온통 똥 밭이었다. 차마 다 버리자고 할 수 없어서 씻어서 쓰려던 것을 누군가 집어 갔으니 고맙기까지 했다. 가난하고 서글픈 시절이었다.

첫아들이 태어나다

한 지붕 두 가족으로 살던 이문동을 떠나 자숙 언니가 살고 있는 전농동으로 이사하고 며칠 뒤였다. 외출에서 돌아오니 창문이 뜯겨 있었다. 한 칸짜리 셋방살이에 뭐 가져갈 것이 있었는지 도둑이 다녀갔다. 값나갈 만한 것이 없으니 결혼식에 입었던 남편 양복 두 벌을 가져갔다. 손바닥만 한 트랜지스터라디오가 있었는데 그것을 가져가지 않은 것만 다행으로 여겼다.

아직 첫아이가 태어나기 전이었다. 야간 통행금지를 알리는 사이렌 소리가 길게 울리다가 그쳤다. 그이는 돌아오지 않았다. 가슴이 콩닥콩닥 방망이질을 시작했다. 무슨 일일까? 온갖 상상을 하며 걱정이 되다가 화가 나다가, 책을 읽으려 해도 눈에 들어오지 않았다. 시간이 지나면서 화가 걱정으로 바뀌었다. 밤이 깊어지자 걱정이 기도로 바뀌었다. "무사히 돌아오게만 해주시면 절대로 화를 내지 않겠습니다."

골목으로 차가 들어오는 소리가 들렸다. 차가 우리 집 앞에서 멈추고 두런두런 이야기소리가 들렸다. 너무나

귀를 기울이고 신경을 곤두세우고 있어서 그런지 귀가 먹먹하고 머리는 띵해 꿈속인지 생시인지 분간이 안 되었다. 대문 여닫는 소리가 나더니 그이가 살그머니 들어오는 게 아닌가. 미안하다는 듯 싱긋 웃으면서 "많이 기다렸지?" 반가움에 와락 안기고 싶었지만, 불쑥 화가 치밀어서 눈을 내리깔고 아무 말도 하지 못했다.

그이는 통행금지 사이렌이 울리자 허둥지둥 파출소로 달려갔단다. 해금 시간까지 기다릴 수 없으니 경찰 백차로 집까지 데려다 달라고 사정했다. 신혼이라 못 들어가면 가차없이 쫓겨나게 된다고 엄살도 부리고 애원도 하면서. 하도 귀찮게 구니까 경찰이 하는 수 없이 집까지 데려다주었다는 얘기였다.

1967년 2월 18일 저녁 무렵에 진통이 시작되었다. 회식에 간 남편은 연락이 닿지 않아 가까이 사시는 시누님에게 급하게 연락했다. 둘째 시누님과 함께 을지병원에 입원하고 어머니에게 연락하였다. 어머니가 오셔서 옆에 계시니 무섭지도 않고, 하늘이 빙빙 돌며 뼈마디가 몽땅 부서지는 것 같은 통증도 참을 수 있었다. 급히 달려온 남편이 분만실에 들어가 지켜보겠다고 우겼지만, 의료진들의 만류로 거부되었다. 드디어 기다리던 첫아기가 태어났다. 그이를 쏙 빼닮은 아들이었다. 철없는 여자가 아기엄마가 되었다. 아기가 누워 있는 입원실에 들어온 남편은 산모에게 넙죽 엎드려 절하고는, "잘 돌보겠습니다." 하고 어머니께 말씀드렸다.

전농동으로 이사 와서 가까이 살자고 했던 자숙 언니는 퇴근길에 들러서 아기 목욕도 시켜주고, 맛깔스러운 반찬도 요것조것 가져다주었다. 언니는 친구 부부 모임에 우리 부부를 초대해서, 어울려 살아가는 모습을 은연중 배우게 했다.

밥도 제대로 못 하는 여자가 아기엄마가 되었으니 매일 쩔쩔매며 몸은 젓가락같이 야위어 갔다. 친정어머니가 걱정하다가 일하는 아이를 데려다주었다. 단칸방에 일하는 아이와 함께 지내는 것이 안쓰러웠던지, 주인집 아주머니는 저녁이면 일하는 아이를 자기 집으로 데려다 재우곤 했다. 참으로 어처구니없는 철부지의 생활이었다. 아이가 넷인 홀아비와 결혼한 그 아주머니는 품이 넓고 웃음이 많은 분이었는데, 그분이 사는 모습을 보며 많은 것을 배웠다. 주인집 아주머니는 내 아들 우혁이를 자기 손자인 듯 매일 안고 어르면서 귀여워했다. 갓난아기 때부터 잘 울지 않는 아기를 울려보려고 별별 몸짓을 다 하기도 했다. 우혁이는 어려서도 재잘대지 않는 아이였지만, 공과대학 수석으로 상을 타는 학생이 내 아들임을 대학 졸업 식장에서야 알게 되었다. 음전해도 너무 과묵한 아이다.

계가 깨지면서

경제적인 문제를 중요하게 생각지 않았는데 살아가면서 '가난'이라는 의미를 뼈저리게 느꼈다. 어느 해 설날엔 시댁에 보내드릴 세찬비가 없어서 남편의 겨울 코트를 전당포에 잡히고 돈을 마련하여 갔었다. 월셋집, 전셋집을 여섯 번이나 옮겨 다니며 말로는 다할 수 없는 곤경을 겪었다. 1960년대에는 은행 문턱이 높아서 대출은 하늘의 별 따기보다 어려웠다. 목돈을 돌려쓰기 위해서 일정한 인원이 모여 운영하는 '계모임'이 유행했다. 나는 겁도 없이 서른여섯 명이 모여 3년 만에 끝나는 계의 오야(리더)가 되었다. 한 사람이 한두 꼭지씩 갖고도 20명 가까이 모집하려니 친구들, 선배, 후배, 시누이, 옛 남자친구까지 끌어모아야 했다. 경양식집을 하는 동창이 두 꼭지나 계를 타고, 먼저 탄 친구들의 돈까지 빌려 쓰고는 잠적해 버린 바람에 계가 깨지게 되었다. 집을 장만하기 위한 자금이 필요해서 시작한 계였기에 남편의 적극적인 도움이 필요했다. 내가 리더이니 모든 책임은 내가 지게 되었고, 내가 권유했던 사람들에게 신용을 잃게 되었다.

고심 끝에 남편의 아이디어로 내놓은 묘안에, 다행히도 모든 회원이 동의하여 3년을 무사히 마칠 수 있었다. 도망간 친구가 매월 내야 하는 돈을 회원들이 나누어 내주어서 뒷번호 회원들이 약정금을 탈 수 있도록 했다. 마지막 회까지 무사히 마치게 되었을 때, 회원들이 추가로 냈던 금액을 끝 번호로 탄 내 몫으로 각각 되돌려 주었다. 모두 현명하고 고마운 회원들이어서 계가 깨졌다는 오명은 피할 수 있었다.

이화여대에 취직하고

첫아들을 낳고 아기엄마 수업을 하고 있을 때였다. 남편의 한전 직원 월급으로 깨진 계를 메우고 나면 생활비가 한 푼도 남지 않았다. 그렇게 어려움을 겪고 있을 때, 함께 계를 운영했던 단짝 친구가 이화대학 교수인 언니에게 부탁하여 취직을 주선해 주었다.

인간만사 새옹지마가 나에게도 일어났다. 직장 구하기가 모래밭에서 바늘 찾기보다 어려운 시절에 계가 깨지게 되자 일할 수 있는 직장을 주셨다. 모교에서 근무하는 직장은 친정에 돌아온 것 같은 분위기였다. 강단에서 학생들을 가르치는 일이 아니어서 교안 준비의 부담도 없었다. 학생들 성적을 관리하는 업무와 문교부에 출장을 다니는 일이었다. 학창 시절에 4년이나 강의를 들었고, 채플 시간마다 만났던 교수님들이라 낯설지 않았고, 여교직원은 모교 졸업생들이어서 매일 동창회나 다름없었다. 점심시간이면 친한 친구들끼리 도시락을 펼쳐놓고 속내 이야기를 마음껏 털어놓으며 뜨개질도 하는 등 피안의 시간도 누릴 수 있었다. 통근 버스로 출퇴근을 시켜

주니 정시에 퇴근하고 교통지옥도 겪지 않았다. 모두가 부러워하는 신의 직장이었다.

그때 마침 남편은 당인리발전소 아파트 공사를 맡고 있어서 겸사겸사 이화여대가 가까운 신촌으로 이사했다. 한 대문 안에 세 가구가 함께 사는 복잡한 집이었다. 일하는 아이에게 여덟 달 된 아들을 맡기고 출근을 시작했다. 저녁에 집으로 돌아오면 아기는 한시도 엄마에게서 떨어지려 하지 않았다. 일하는 아이가 곁에 오기만 해도 자지러지게 울어댔다. 옆방에 사는 이웃 엄마에게 들으니, 일하는 아이가 아기를 때리기도 하고 많이 울리더라는 것이다. 그 이야기를 듣고 그길로 친정어머니에게 달려가 아기를 길러 달라고 부탁드렸다. 막냇동생이 겨우 아홉 살이었으니 엄마의 보살핌이 일일이 필요한 때였다. 어머니는 흔쾌히 아기를 맡아주셨다. 우혁이는 외할아버지를 잠시도 떨어지려 하지 않아서, 아버지는 내 아들을 업고 신문을 읽으셨으며, 화장실에도 업고 들어가야 했다. 퇴근 차에서 내리면 행촌동 언덕배기에 있는 친정집을 향해 숨이 넘어가도록 달려가곤 했다. 한시라도 아기를 빨리 보고 싶은 마음에 차분히 걸을 수 없었다. 집에 들어가자마자 아기를 안고 뺨을 비비면서, 낮 동안 어미 노릇 하지 못한 것이 미안해서 아기하고만 시간을 보냈다. 어머니 아버지에게는 수고하셨다고, 고맙다고 인사도 드리지 않았으니 얼마나 섭섭하셨을까? 철없는 딸이 그저 안쓰러워서 속이 아프셨을 것이다. 그리고 밤이 늦어지기 전에 남편이 기다리고 있는 신촌 집으로 급히 돌아가곤 했다. 고단한 일상이었다.

둘째 아들이 태어날 즈음에

　남편이 한전에서 호남화력으로 직장을 옮긴 뒤 살림이 조금 폈다. 북가좌동에 전셋집을 빌려 시부모님을 모셔오고, 우혁이도 친정에서 데려오게 되었다. 우혁이를 시부모님이 지켜주는 가운데 일하는 아이에게 맡길 수 있어서 마음놓고 직장에 다닐 수 있었다. 시부모님을 모시고 있으니 대소사를 우리 집에서 치르게 되었다. 형제 친척들이 찾아오고, 시아주버니께서는 부모님을 뵈러 매일 출근하듯 오셔서 집 안은 늘 북적였다.

　대구에 사시는 큰 시누님 맏딸이 서울에서 혼인예식을 올리게 되어 우리 집에서 함을 받게 되었다. 함진아비들을 맞이하고 보니 우혁이가 보이지 않았다. 함진아비들과 승강이를 벌이는 중에 세 살배기 어린것이 구경나갔다가 길을 잃었다. 온 동네를 다 찾아다녀도 아이가 보이지 않았다. 정신이 아득했다. 내 일생에서 가장 절박하고 아찔하던 날이었다. 실종신고를 하려고 파출소를 찾아 들어갔는데, 얼굴에 알록달록 앙팽이를 그린 아이가 앉아서 울고 있었다. 그 몇 시간 동안에 아이는 거지꼴이 되었다. 날은 어두워지는데 집도 엄마도 보이지 않고, 어린것이 얼마나 무서웠을까! 우리 부부는 아이를 안고 "하나님, 감사합니다." 연발했다. 아이를 잃어버린 부모는 평생 아이 생각에 모든 일을 놓아버린다는 이야기가 구구절절 실감되었다.

둘째를 임신 중에는 입덧이 심하지 않아 임신부의 티를 내지 않고 지낼 수 있었지만, 불룩해지는 배는 감출 수가 없었다. 직장에서 근무 중에 갑자기 진통이 오면 당황할 것 같아 출산 예정일이 되자 이대부속병원에 입원했다. 분만의 고통을 알고 있으니 첫아이를 낳을 때보다 더 두렵고 초조했다. 다행히 순산하고 내 아기가 맞나? 할 정도로 건강하고 눈부시게 아름다운 아들이 태어났다. 1970년 4월 14일에 둘째 아들 재혁이를 그렇게 이대부속병원에서 출산했다. 아기는 먹성이 좋아서 밤에도 몇 차례나 우유를 달라고 우렁차게 울곤 했다. 잠이 부족해서 통근차를 타면 꼬박꼬박 졸다가 "다 왔습니다. 내리세요." 기사님의 독촉 소리에 잠이 깨곤 했다. 두 아들이 튼실하고 잘생겨서 주위 사람들은 "꽁치가 도미를 낳았네." 하고 놀렸다. 몸이 가랑개미 같던 나를 두고 아기를 출산할 수 있을까 걱정하던 사람들이 안도하며 축하하는 말이었다.

처음 마련한 내 집

언덕 위에 하얀 집

그동안 여섯 번이나 집을 옮겨 다녔으니 유목민의 삶과 다를 바 없었다. 결혼한 지 5년 만에 그렇게도 원하던 내 집을 마련했다. 학교에서 대출해 주는 공제금 제도가 있어서 김옥길 총장에게 재가를 얻어 주택 구매 자금을 신청하여 집을 계약할 수 있었다.

서울시에서 나날이 급증하는 시민들을 위해 변두리 지역에 신흥 주택 단지를 조성하던 때였다. 20년 동안 집값을 할부로 갚을 수 있는 은행 주택Mortgage payment이었다. 갈현동 언덕에 손바닥만 한 정원이 있고 방 3개가 있는 집이었다. 북가좌동에서 둘째 아들을 낳은 지 삼칠일 만에 갓난아기를 안고 처음 마련한 집으로 입주했다. 둘째 아들 재혁이는 복덩이가 되어 '내 집'에서 자라기 시작하였다.

고지대에 지은 주택이라 수돗물이 제대로 나오지 않았다. 새벽이나 오밤중에 물을 받아 놓아야 하루를 지낼 수 있었다. 서울시 수도국에 사정을 이야기했더니 높은 지대니까 물이 올라가지 않는 것은 당연한 원리라며, 불편하면 좋은 동네로 이사하면 된다는 답변이었다. 국민의 의무인 각종 세금을 꼬박꼬박 납부하고 있는 시민에게 수도국 공무원의 답변은 적절하지 않고, 무엇보다 불쾌했다. 전후 사정을 자세히 적어서 청와대 육영수 여사에게 탄원서를 보냈다. 20여 일쯤 지나서, 잘 처리하도록 서울시 수도국에 지시해 놓았다는 답신이 왔다. 그리고 수개월 만에 서울시에서 주택 단지 높은 곳에 고압 펌프장을 설치해 주었다.

남편은 호남화력에서 퇴직하고 개인 설계 사무소를 운영하고 있었다. 첫 작품으로 이화여대 학무처장 박준희 교수님 주택을 건축하였는데, 그 이듬해에 대홍수로 산사태가 나서 홍제동 주택들이 많이 무너졌다. 그런데 유일하게 박준희 교수님 저택은, 흙더미가 덮쳤지만 부엌문만 밀려나고 무사했다. 그 일로 최동수는 믿을 만한 건축가로 정평이 났다. 덕분에 김옥길 총장님의 소개로 문여사의 집을 설계하고 시공할 수 있었다. 그리고 이어 김치수 교수, K은행 지점장, 모기업 사장 등 여러 주택을 지었다. 주택 건축 사업이 인연이 되어 훼어차일드로 직장을 옮기게 되었다.

건축가인 남편은 온 동네가 똑같은 주택을 기둥만 남기고 리모델링하여 우리 집을 아담한 백악관으로 꾸몄다. 깎아지른 듯 높은 옹벽은 하얗게 칠하고, 그 위에다

주목을 촘촘히 심은 직사각형 화분들을 올려놓아 울타리로 삼았다. 집은 흰색으로, 문은 군청색으로 칠하고, 문들은 팔각의 아치형으로 바꿨다. 아치 모양의 대문에서 열두 계단을 올라가면 장미꽃, 철쭉꽃이 발길을 반겨주었다. 거실 한쪽 벽엔 벽돌을 붙이고, 바닥엔 빨간 카펫을 깔았다. 천장은 깜장 바탕에 흰색 나무 서까래를 세로로 붙여 경사진 천장을 만들었다. 집 안 모든 가구도 흰색으로 제작하여 배치했다. 수돗물이 해결되었으니, 부엌을 입식으로 개조하고 수세식 화장실도 만들었다. 연탄보일러도 설계해서 설치했다. 강아지를 좋아해서 한 마리씩 받다 보니 셰퍼드, 도사견, 말티즈, 코카스파니엘 등 4마리나 기르게 되었다. 새벽에 네 식구가 개 한 마리씩 데리고 산책하는 것이 하루의 시작이었다. 삶은 유목민의 길임을 알면서도 이 집에서 오래오래 행복하게 살 수 있으리라 생각했다.

청색전화

1970년대 경제성장으로 전화 수요가 급증했지만, 기반 시설이 턱없이 부족하여 수요를 감당하지 못했다. 당시에 전화를 신청하는 것은 요즘 아파트 청약 열기에 버금갔다. 사용권을 사고파는 백색전화가 성행하여 전화번호를 소유하고 있는 것이 부의 상징이기도 했다. 급한 일이 있으면 전화가 있는 이웃집으로 연락해서, 좀 전해달라고 부탁하던 광경을 자주 볼 수 있었다. 그러다가 1970년 9월 1일부터 신청받는 청색전화는 양도할 수 없었다. 신청 대장 색이 청색이어서 그때 신청하는 전화를 청색전화라고 불렀다. 양도할 수 있는 전화를 백색전화라 한 것은 신청 대장 색이 흰색이었기 때문이다. 우리도 청색전화를 신청해서 드디어 전화가 개통되었다. 지금은 휴대폰을 가족 수대로 가질 수 있어서 유선 전화는 찬밥 신세가 되었다. 30년 전에 오시던 도우미 아주머니에게서 안부 전화 받는 반가움과, 아직도 청색전화 설치하던 날의 기쁨을 잊지 못해서 유선 전화를 해지하러 가던 발걸음은 무거웠다.

급한 일을 어느 곳에서나 즉시 알리고 받을 수 있는 통신수단이 있으면 얼마나 편리할까, 상상하던 날이 있었다. 휴대폰이 보급되기 전에는 흔히들 삐삐beeper box나 페이저radio pager라고 부르던 무선 호출 수신기를 일부에서 사용했다. 휴대폰은 통화만 편리한 게 아니라, 필름 없이 수시로 많은 사진을 찍을 수 있다. 지구 어느 곳에 있어도 짧은 편지를 즉시 주고받을 수 있으니, 빛의 속도로 다니는 것만 같다. 또한 음악회, 미술관, 도서관, 언론 매체의 역할도 담고 있어 거실에 앉아서 편하게 감상하고 관람할 수 있다. 삶의 필수품이 된 휴대폰을 사용할 때마다 IT산업 발전에 경탄과 감탄이 절로 나온다.

빨간 퍼블리카

1974년 어느 날, 남편은 느닷없이 빨간색 일제 소형차 퍼블리카를 몰고 돌아왔다. 차를 살 예산도 없었고 차가 절실히 필요하지도 않은 시절이었다. 더구나 운전면허증도 없었다. 운전면허증도 없이 차를 운전하고 왔는데, 그것이 얼마나 위험하고 위법한 일인지도 실감하지 못했다. 시어머님은 아들이 운전하는 차를 타고 다니는 것을 즐거워하셨다. 그러나 시누님은 절대로 타지 않았다. 운전면허증도 없고 교육도 받지 않아서 서툴렀지만, 우리는 아이들을 태우고 겁도 없이 전국을 누비며 다녔다. 한번은 공주로 가던 밤길이었는데 차가 덜컹거리다가 멈춰버렸다. 어두운 산길에서 차 수리점을 찾을 수도 없었고, 어린 애들을 태우고 산속에서 밤을 지새울 수도 없는 막막한 상황이었다. 남편은 자동차의 본네트를 열어놓고 한참 살피다가 카뷰레터의 가스켓바킹이 삐져나온 걸 발견했다. 임시 조치를 하고 조심스럽게 달려 서울로 돌아왔다.

그해 여름엔 대천 해수욕장 민박집에서 소라를 먹고 식중독에 걸렸지만, 다행히 아이들은 괜찮았다. 밤중이라 병원에도 가지 못하고, 민박집 주인이 비법이라며 침을 놓고 손가락을 따주었지만 밤새 설사를 하며 지새웠다. 다음 날 아침에 남편은 운전할 수 있다며 서울 집으로 차를 몰았다. 그는 집에 도착하자마자 방에 들어가지도 못하고 거실에 쓰러져 잠이 들었다. 지금 생각하면 아찔한 기억들이다. 젊어서였을까? 왜 그렇게 무모하고 무식했는지….

그이는 현대건설에 첫 출근 하는 날 퍼블리카를 몰고 갔다. 그때만 해도 자가용을 타고 출근하는 직원들이 없었던 시절이라, 주차장에 세워 둔 퍼블리카를 보고 지나가는 직원마다 발길질을 해댔다. 더구나 현대자동차가 아닌 일제 차였으니 미운 오리 새끼였을 수밖에.

강도가 들다

"모난 돌이 정 맞는다."는 속담대로 집 모양이 특이하고 자가용도 있었지만, 값나갈 물건은 없는 우리 집에 강도가 들었다. 그날은 문교부에 출장을 나가 있었는데, 집에 빨리 가보라는 연락을 받았다. 자세한 사정은 모른다며 그저 빨리 가라는 것이었다. 집으로 전화를 해도 받지 않았다. 갑자기 받은 소식에 머리가 아득해져서, 택시를 타고 다리에 힘을 주며 액셀러레이터를 밟듯 발만 굴렀다. 시어머님이 쓰러지셨는지, 아이들이 다쳤는지, 집에 불이 났는지, 온갖 불길한 생각으로 가슴은 바작바작 타고, 머리는 터질 것 같았다. 집에 들어서는데, 시어머님이 쪽을 찐 머리가 헝클어진 채 산발하고 나오셨다. 가슴이 철렁 내려앉았다. 아이들에게 무슨 일이 일어났구나 싶어서 다리가 벌벌 떨렸다. 간신히 집 안에 들어서니 아이들은 두 눈만 말똥말똥한 채 아무 말이 없었다. 얼마나 놀랐는지 어머님도, 아이들도 말을 잃었다. 방안은 난장판이었다. 서랍은 모조리 뒤져진 채 다 열려 있고, 유리 탁자는 깨져 있고, 바느질하던 재봉틀이 없어졌다. 카

메라며 그동안 모아둔 귀중품들도 없어졌으나 사람이 다치지 않은 것만 고마웠다. 강도가 들어와서 놀러 온 우혁이 친구까지 묶어놓고 우혁이를 앞세워 집 안을 뒤졌다는 걸 알게 되었다. "우리 할머니만 살려주세요, 다 가져가세요." 했다니 신통방통한 손자였다. 그때 재혁이는 5살이었으니 어린 그들이 얼마나 무섭고 큰 충격을 받았을까? 염려되었지만 그저 속으로 걱정하며 지켜볼 수밖에 없었다. 지금 같으면 트라우마가 생기지 않았을까? 정신과 치료도 받아 보았을 터인데. 우리 집 전화는 끊어놓았으니, 함께 묶여 있던 우혁이 친구가 집으로 돌아가서 학교로 연락을 해주었다. 뒤늦게 도착한 남편은 사람이 다치지 않은 것만 감사하자며, 경찰들을 돌려보내고 식구들을 감싸안았다.

시어머님이 남기신 것

남편이 훼어차일드에 근무하던 1974년에 시아버님께서 갑자기 돌아가셨다. 아들도 며느리도 직장에 다니고 있으니, 어머님은 평일에 아버님 묘소를 찾아가곤 하셨다. 모란공원 묘소까지 혼자 다녀오신 것을 알고 걱정이 되어 우리랑 함께 가자고 말씀드렸지만, 아버님을 그리워하는 어머님의 발걸음을 멈추게 하지는 못했다. 그렇게 건강하던 분이 노후에 배변 조절을 못 해서 3년을 수발들면서 참으로 힘든 시간을 보냈다. 힘들어 괴로울 때마다 어머님이 나를 감싸주고 아껴주던 옛일을 떠올리며 마음을 다독이곤 했다.

안암동에 신접살림을 차리고 어리어리하던 때였다. 어머님이 어느 날 오셨다가 연탄불을 꺼뜨려서 방은 냉골이고, 부실한 밥상을 보고는 식구들 모르게 새벽마다 번개탄과 밑반찬을 담은 찬합을 들고 오셨다. 시집와서 첫 추석을 맞아 시댁에 갔을 때였다. 추석 음식인 토란국이 상에 올랐는데, 토란을 먹지 않던 내가 어쩔 줄 몰라 토란을 이리저리 굴리자, 남편이 눈치를 채고 내 토란을 모두 건져 갔다. 어머님이 뒤늦게 보고는 "너 토란을 좋아하는구나." 하시며 듬뿍 가져다주었다. 어쩔 수 없이 먹기 시작한 토란이 지금은 즐겨 먹는 식품이 되었다. 어머님은 명절이나 집안에 대소사가 있을 때면 부엌에 있는 나를 넌지시 불러내어 과일 준비를 시켰다. 마치 막내딸을 끼고돌 듯 어설픈 며느리를 감싸고 사랑하셨다.

어머님이 위중하시다는 소식을 듣고 남편은 인도 봄베이 현장에서 급하게 귀국했다. 어머님은 아들 손을 잡으며 "동수, 네가 왔구나." 하고는 그날 밤에 편안한 모습으로 눈을 감으셨다. 1988년 3월 27일에 어머님은 여한이 없다는 듯 아기처럼 순한 모습으로 가셨다. 어머님의 유품을 정리하는데, 손수건에 싸인 나달나달한 편지와 손바닥만 한 돋보기가 있었다. 남편이 바레인에서 근무할 때 보내드린 편지와 돋보기였다. 그런데 남편의 양복 안주머니에서도 나달나달해진 어머님의 편지가 나왔다.

세 남자

첫째 아들은 외할아버지 등에 업혀서 자라서인지, 온유하고 남을 배려하는 성품이 외할아버지를 쏙 빼닮았다. 그 애가 불평을 하거나 누구를 비판하는 것을 들어 본 적이 없다. 아무리 지루한 이야기라도 귀 기울여 들어 주며, 섣부른 충고나 비평을 해서 상처 주는 행위를 하지 않는 사려 깊은 아들이다. 말문은 늦게 터졌지만, 청음과 음감이 뛰어나서 뒤늦게 음악가가 되었다. 대학원에서 금속공학 석사까지 받고는 보스턴 버클리로 유학하여, 음악을 전공하고 재즈 작곡가가 되어 대학에서 제자를 양성하고 있다.

집에서 도우미의 손에서 자란 둘째 아들은 자립심이 강하고, 능동적이고, 상황 판단이 빠르다. 우리 집 세 남자 중에 재혁이는 가장 현실적이고 경제관념이 투철하며, 가족들 기념일을 잊지 않고 챙기는 다정다감한 아들이다. 그가 대학생이던 어느 날, "어머니, 그 옷은 버리세요. 아무리 명품이라도 어머니를 우아하게 만들지 않는 옷은 버리는 게 나아요." 하고 말했다. 그는 딸처럼 내 매무새를 항상 챙기고 살갑게 굴어서 엄마를 행복하게 해준다. 이화여대 휴양지 비인 해수욕장에 갔을 때였다. 모두 고만고만한 아이들이 있는 친구들과 한 숙소에서 지냈다. 늘 덮고 자는 재혁이 밍크 담요에다 옆에서 자던 어느 아기가 오줌을 지려서 세탁해 널어놓았다. 다른 아이들은 모두 바닷가에서 모래 장난에 빠져 있는데 우리 둘째는 밍크 담요가 널려 있는 빨랫줄 밑에서 손가락을 빨며 담요가 마르기를 기다리고 있었다. 라면을 먹을 때도 예쁜 그릇을 찾아내 거기에 담아서 먹는, 삶을 즐길 줄 아는 남자다. 그는 미적 안목과 공간 감각이 뛰어나고 유머가 풍부한 건축가가 되었다.

남편은 천재기가 있어 기상천외한 구상을 하고는 끝까지 관철하고야 마는 지구력이 대단하다. 수시로 난감한 아이디어가 발동해서 나를 당황하게 하지만, 약속은 지키고 책임을 완수하니 다행 중 다행이다. 승승장구 잘나가던 현대건설 임원에서 어느 날 갑자기 사직서를 제출하고, 현악기를 제작하는 장인이 되었다. 건축가로서 수십여 년 집을 지어온 남편이 은퇴하고 클래식 기타를 제작하며 "기타는 소리를 내는 작은 집"이라고 고백했다. 설계하고, 대패질로 시작해 튜닝까지, 일 년에 두 대를 제작하는 그의 악기는 매번 새로운 실험작이며 연구 작품이다. 2015년, 광복 70주년을 기념하여 한지로 만든 기타가 탄생하였다. 월인천강지곡月印千江之曲이 복사된 한지와 일본인 기타 제작가 마사노브 마쯔무라의 유품인 스프루스를 조합하여 악기를 완성하였다.

남편은 나무에서 천상의 소리를 빚어내는 클래식 기타를 제작하며, 신에게 받은 달란트를 기타의 음색으로 화답하는 삶을 누리고 있다. 건축가의 길을 접고 클래식 기타를 제작하던 장인의 삶을 『기타, 그 모든 것』이라는 책으로 출간하였다. 성격이 크리스털같이 투명하고 예민하지만, 본성이 착한 사람이라 화평을 유지할 수 있었다.

중동 건설 붐을 타고

아파트를 분양받다

박정희 대통령이 추진한 경제 개발 사업과 때맞춰 중동에서 벌어들이는 오일 달러가 우리나라 경제에 불씨를 댕겨, 고질적인 가난의 보릿고개를 허물어 버린 역사의 변곡점이 되었다. 1976년, 현대건설에 막 입사한 남편은 중동 건설 붐을 타고 바레인으로 파견되었다. 중동으로 가는 비행기엔 한국인 근로자들로 만원이었다. 남편은 바레인에서 2년을 마치고 연이어 사우디아라비아로 갔다. 1년에 한 번 귀국하여 가족과 3주간의 휴가를 보내고 임지로 돌아가곤 했다.

아파트 붐이 일기 시작하던 1978년, 회사에서 해외 근무자에게 아파트 우선 분양권을 주었다. '작은 백악관'이라고 불리던 갈현동 집을 팔고 압구정동 현대아파트로 이사했다. 아파트 생활에서 '시간과 편리함'을 덤으로 받았다. 주택에 살던 때, 겨울이면 나무를 전정하고 꽃나무들을 짚으로 싸주어야 하던 일거리가 줄어서 사뭇 한갓지게 느껴졌다. 무엇보다 집을 비우고 다닐 수 있어서 편리했다. 같은 동에 사는 대학 선후배들 넷이 어울려 바느질도 하고, 여행도 함께 다니며, 남편들이 해외에 근무하는 동안 즐거운 시간을 누릴 수 있었다.

해외 현장에서 장기 근무하는 직원에게 가족 송출이 시작되던 때였다. 학교에 사표를 내고 송출 허가를 기다리는 동안 아이들을 데리고 주말이면 용평스키장으로 달려가곤 했다. 스키 실력이 늘어 신나게 달리던 둘째 재혁의 다리가 부러졌다. "형 최우혁을 찾아주세요." 스키장으로 퍼지는 마이크 소리를 듣고 즉시 달려갔다. 응급실에서 다리에 부목을 대고 임시 처치를 해주어 버스 뒷자리에 눕혀서 서울로 돌아와 순천향병원에 입원했다. 아득한 옛날도 아닌데 그때는 왜 앰뷸런스를 부르지 않았는지! 다리 깁스를 하고 있는데 가족 송출 허락이 나왔으니 출국하라는 연락을 받았다. 마냥 지체할 수 없어 목발을 짚은 어린 아들을 앞세우고 사우디아라비아행 비행기에 올랐다.

사막에 주택을 건설하는 사람들

　칠흑같이 어두운 밤, 사우디아라비아 다란 공항에 착륙했다. 아라비아 땅을 처음 밟던 날, 어둠이 내린 그곳의 첫인상은 토할 것 같은 울렁거림이었다. 한증막에 들어선 것처럼 확 덮쳐오던 후끈한 공기, 그리고 카레 냄새가 온 대지에 깔려 있었다. 페르시아만에 접한 작은 항구 도시 알코바로 가는 길은 해안 도로였다. 검은 바다를 붉게 물들이는 오렌지색 가로등이 해안 도로를 따라 죽 이어져 있었다. 대낮같이 밝은 가로등의 행렬을 보면서 과연 석유가 물보다 풍부한 나라인 것을 실감했다. 그 길을 달리면서, 노르웨이 화가 뭉크Edvard Munch의 「절규」가 점점 크게 다가왔다. '붉게 물든 하늘 아래, 검푸른 바다를 배경으로 다리 난간 앞에서 귀를 막고 절규하는 인물'이 나를 향해 외치는 것 같았다.

　사막에 주택을 신축하는 공사 현장 안에다 다섯 채의 사택을 지어 주었다. 직원과 5천여 명의 근로자들도 공사 현장 숙소에 기거하고 있었다. 공사장 주변엔 은빛 모래와 살인적인 더위가 지배할 뿐, 어떤 문화공간도 없었다. 스무 평 남짓한 작은 사택 안에 갇혀서 남편이 퇴근할 때까지 윙윙거리는 에어컨 소리만 들으며 시간을 보내야 하는 환경이었다. 모래폭풍이 부는 계절에는 에어컨이 먼지에 막혀 작동이 멈추곤 해서 자주 청소해야 했다. 정원에 잠시 나갔다 와도 옷과 피부까지 파고든 모래로 따끔거렸고, 입속에서 자금자금 씹혔다. 바람이 모래를 안고 휘돌아 치는 광경은 행위예술가가 공중을 향해 황토색 물감을 뿌리는 모습 같았다. 그 장엄하고도 광적인 광경을 보기 위해 모래 세례를 받으면서도 정원으로 나가곤 했다. 아무리 바람이 세차도 건설 현장에서는 공사를 중단하는 일이 없었다. 보안경 위에 흰 수건으로 얼굴과 머리를 감싼 근로자들이 현장에서 일하는 모습은 바람과 싸우는 투사들 같았다. 새벽 5시에 일을 시작하여 밤에도 불야성처럼 불을 밝혀놓고 일하던 그들은 오늘의 한국경제를 일으켜 세운 역군이며 애국자들이다.

자전거나 오토바이를 타고 현장의 너른 공터를 달리는 것이 유일한 놀이였던 아이들은, 아빠와 근로자들이 일하는 모습을 보고 한국의 위상과 노동의 실상을 알게 되었다. 밤 11시가 넘어야 퇴근하는 아빠의 일상을 보면서 아이들은 일찍 철이 들었다. 열대 지방에서는 점심 후에 낮잠 시간siesta이 있어서 출근했던 사람들이 집으로 돌아와 낮잠으로 더위에 지친 몸을 회복한다. 그 시간에는 아빠의 잠을 방해하지 않으려고 아이들은 서로 자기네 앞마당에 모여서 놀지 않으려고 했다. 기특하다 할지, 이 악스럽다 할지, 어린아이들의 그런 행동을 보며 마음이 착잡해지곤 했다.

아이들 교육에서

큰아들은 중학생이어서 미국계 외국인 학교에 입학시켰다. 작은아들은 초등학교 3학년이라 한글 어휘를 더 익혀야 한다는 판단에 한인 학교에 보냈다. 그때 상황으로는 그것이 최선의 선택이라 생각했는데 지금 돌이켜보면 두 아들을 똑같이 외국인 학교에 보내야 했던 것이 더 나은 길이 아니었을까, 후회된다. 큰아들은 영어로 강의를 들을 뿐만 아니라 음악도 각자 연주회를 열어주고, 그림일기를 쓰고, 운동도 팀을 짜서 실전하게 했다. 책을 완독하고 리포트를 쓰는 것이 숙제였고, 토론 문화를 익히게 했다. 잠재된 재능을 계발할 수 있도록 다양한 프로그램으로 열린 교육을 했다. 순간의 선택이 전혀 다른 길을 가게 만든다는 것을 아이들 교육에서 깨달았다.

둘째 아들이 다니는 한인 학교는 통학버스로 2시간을 달려가야 하는 먼 곳에 있었다. 새벽 6시에 도시락 두 개를 들고 통학버스에 오르는 작은아들을 볼 때마다 안쓰러웠다. 교육 방법도 한국의 주입식 교육에서 벗어나지 못했다. 등교 시에는 도시와 도시를 이어주는 고속도로로 갔는데, 모래바람이 불면 집으로 돌아오는 길 곳곳에 모래 산이 생겨 길을 찾을 수 없는 일이 종종 있었다. 길을 잃었을 때는 사막의 유전 시추구試錐口에서 솟아오르는 불기둥이 표지판 대신 방향을 잡아주곤 했다. 낮에는 불기둥이 검은 연기로 솟아올라 구름처럼 퍼졌다. 그곳에서는 시추구에서 솟는 검붉은 연기의 위치를 기억해두는 것이 안전 운행의 기본 수칙이었다. 유대인들이 애굽에서 탈출할 때 낮에는 구름기둥, 밤에는 불기둥으로 인도했다는 성경의 기록을 생생히 체험할 수 있었다.

사택에는 마땅한 놀이시설이 없고 마음대로 외출도 할 수 없는 곳이어서, 휴일에는 아이들을 데리고 사막의 명승지를 찾아다녔다. 사막을 두 시간 남짓 달렸을 때, 지평선 너머로 버섯 모양의 신기루가 나타났다. 아무것도 발견할 수 없다는 신기루를 향해 달려가는데, 사막 한가운데서 갑자기 모래산이 보였다. 오아시스 지역인 호푸푸Hofufu 근처에 형성된 가라Gara산이었다. 오랫동안 쌓이고 눌려서 형성된 사구沙丘가 바람에 깎이고 비에 녹아서, 버섯 모양의 봉우리들을 이루고 있는 가라산은, 모래로 빚은 거대한 조각품으로 보였다. 그 진기한 골짜기에는 천연동굴들이 있어서 그곳에만 들어가면 뙤약볕에 달구어진 몸을 시원하게 식힐 수 있었다.

아담과 이브처럼

스트레스를 해소할 어떤 오락 시설도 없는 사막에서의 생활은 끔찍한 일을 일으킬 수 있었다. 그즈음에 보호자 없이 쇼핑 갔던 한국 여인들이 사막에서 윤간당하고 모래에 묻힌 사건이 있었다. 사택 사람 중, 예쁜 부인을 둔 옆집 가장은 현관문을 잠그고 열쇠를 갖고 출근했다. 카뮈의 『이방인』에서 뫼르소는 바닷가의 강렬한 햇빛 때문에 살인했다고 고백한다. 그 글을 떠올리며, 철저하게 부인을 보호하려는 그 가장의 심정을 이해했다. 공사장 주변엔 메마른 사막이 끝없이 펼쳐져 있을 뿐, 담소를 나눌 수 있는 카페나 서점, 음식점도 극장도 없었다. 새장에 갇힌 새처럼 창공을 훨훨 날고 싶은 나날이었다.

휴일이면 선세트 비치Sunset beach로 수영하러 가는 것이 유일한 오락이었다. 여자들은 파라솔 밑에 앉아서 직원들과 아이들이 수영하는 모습을 지켜보면서 바닷바람을 쐬는 것으로 만족해야 했다. 어느 날 저녁 남편은 느닷없이 나만 태우고 선세트 비치로 차를 몰았다. 밤바다에는 달빛만 일렁일 뿐 아무도 없었다. 드라이브 가는 줄 알고 나왔으니 수영복도 준비하지 못했다. 우리는 알몸으로 바다에 뛰어들었다. 달빛을 수영복으로 입고 깔깔대며 아담과 이브처럼 원초적인 자유를 만끽하고 있었다. 어디선가 호루라기 소리가 들리더니 해안 경찰이 다가왔다. 고개만 내놓고 물속으로 숨었다. 경찰은 호각을 불며 나오라고 소리쳤다. 남편이 혼자 경찰 앞으로 나갔다. 알몸인 남편을 훑어보더니 나도 나오라고 소리를 질렀다. 수영복을 입지 않아서 나올 수가 없다고 하자, 수상하다는 눈초리로 무슨 관계냐고 다그쳤다. 남편은 알코바 주택 건설 현장에 근무하는 직원 가족으로, 부부라고 밝히고 선처를 호소했다. 자초지종을 다 듣고는, 뒤로 돌아서 있을 테니 옷을 입으라고 했다. 우리가 차에 타고 출발하는 것을 확인하고 나서야 해안 경찰은 떠났다. 페르시아만에서 달빛 목욕을 하던 황홀한 자유는 호루라기 소리에 놀라 바다에 수장되고 말았다.

알라의 나라

아랍인들이 가장 많이 쓰는 말은 "살라마리꿈(신의 은총이 함께 하기를), 인샬라(신의 뜻대로)"이다. 수리할 물건을 맡기고 언제 찾으러 올는지 물으면 그들은 "인샬라"라고 대답한다. 무엇이든지 인간의 뜻대로 되지 않는다는 인생관으로 살아간다. 우리는 사계절을 느끼며 살고 있어서 감정표현이나 삶의 모습도 다양하다. 오직 무더위와 거센 바람이 계속되는 아랍인들의 삶에선 '살라마리꿈'과 '인샬라'의 철학을 가질 수밖에 없었을 것이다. 신은 공평하게도 그곳에 석유라는 보물을 묻어 주었다. 그 보물이 지금은 전쟁의 씨앗이 되어 지구를 들끓게 하고 있으니, 하나님의 경륜을 어찌 헤아릴 수 있으랴.

우리에게도 살라마리꿈의 일이 일어났다. 사택에는 고압 전류가 흐르고 있었다. 어느 날 갑자기 스파크가 일어나서 급히 냉장고의 코드를 잡아 뽑았다. 그런데 입술이 화끈하며 피가 흐르기 시작했다. 감전된 것이었다. 천행으로 전기가 심장으로 가지 않고 입술로 흘러서 무사히 살아남을 수 있었다. 곧이어 화재가 발생하여 소방대가 달려와서 집 안에 온통 물을 뿌리고, 아이들과 고양이까지 피신했다. 다행히 불이 옆집으로 번지지 않고 쉽게 잡혔다. 그러나 소금기가 있는 물로 흠뻑 젖은 가구와 족자 등은 모두 버려야 했다. 가장 아까운 것은 아버지가 써 주신 「달관達觀」이라는 족자였다. "눈앞의 현실만 보지 말고 보다 높이, 보다 멀리 바라보며 승화된 삶을 살아라." 말씀하시며 써주신 글이었다.

사막을 둥글게 감싸안은 밤하늘엔 무수한 별들이 쏟아질 듯 깜빡이고 있었다. 저 별들에서도 지구가 깜빡이고 있을까? 은하계 한 귀퉁이에서 돌고 있는 지구, 한 알의 모래에 불과한 지구에는 칠십여 억 인간들이 시끌벅적 살고 있다. 대한민국은 어디이고, 사우디아라비아는 어디인가. 티끌보다도 미미한 존재인 나는 왜 이다지도 갈등이 많고 자유를 갈구하며, 탈출하고 싶어 하는지!

휴일인 금요일엔 근로자 중에 예배보기를 원하는 사람들을 우리 집에 초대하여, 서울에서 보내온 설교 테이프를 틀어놓고 예배를 드렸다. 좁은 집에 모여 앉아서 찬송을 부르고 성경을 읽고 내가 만든 음식을 대접하며 미니교회를 열었다. 알라의 나라에서는 어떤 종교행사도 불법이어서 찬송가를 목청껏 부르지는 못했지만 그 시간만은 하나님의 임재를 느끼며 평온과 기쁨을 누릴 수 있었다.

모래사막에서 황금을 채취했지만

압구정동으로 돌아와 살던 나날은, 인간의 욕망이 어디까지일까를 가늠할 수 없는 시간이었다. 백화점에서만 아니라 아파트 단지 안에서도, 교회에서조차 물질을 향한 추구와 서로 가진 것을 비교하는 황금만능의 모습을 볼 수 있었다. 그동안 느껴왔던 세상사에 대한 초연함과 한가로움은 사라지고, 새로운 긴장과 경쟁의 물결에 따라 마음이 산란해졌다. 인간은 환경의 영향을 피할 수 없는 나약한 존재임을 실감하는 나날이었다.

남편이 바레인에서의 해외 근무를 시작으로 사우디아라비아를 거쳐 카타르, 그리고 이라크, 다시 인도로, 마지막에는 싱가포르에서 젊음을 불사르는 동안 세월은 18년이란 시간을 뛰어넘었다. 유치원에도 가기 전의 둘째가 대학생이 되고, 큰아들이 결혼한 뒤에야 해외 생활을 접고 고국의 가정으로 귀환했다. 아버지와 아들들이 뒹굴며 눈싸움도 벌이고, 등산도 하고, 야구장에도 가고, 고고클럽에도 가보며 함께 시간을 보냈어야 하는데, 그 긴 시간을 서로 다른 환경에서 지내다가 어른이 되어 만났다. 그래서인지 그들의 만남은 어색하리만큼 점잖고, 예의 바르고, 긴장감이 느껴질 정도였다. 나는 나대로 1년에 한 번씩 휴가로 왔다가 돌아갈 때면, 또 무사히 1년을 지낼 수 있기를 기원하며, 흔연한 척 외로운 속내를 감추곤 했다.

이라크에 근무하고 있을 때는 이란과 이라크가 전쟁 중이어서 국제 전화를 하기가 어려웠다. 통화하려면 업무를 쉬고 전화국에 가서 전화해야 했는데, 집에 사람이 없으면 또한 낭패였다. 대학 진학을 위한 전공학과를 결정하는 일도 아버지와 아이들이 머리를 맞대고 충분한 대화를 해야 하는데 우리는 그럴 수가 없었다. 그래서 장문의 편지를 쓰거나 중요한 자료를 스크랩해서 보내주곤 했다. 그렇게 그는 아버지 역할을 리모컨으로 해야만 했고, 나는 리모컨의 수신 전달 역할을 할 수밖에 없었다. 다행하게도 아이들은 큰 말썽을 피우지 않고 순하게 성장했다. 사내들이라 더러 주먹질도 하고 반항도 해야 정상일 텐데 그들은 아빠 대신 엄마를 보호하느라 형제끼리도 싸움 한 번 해보지 않고 성인이 되었다. 곱게 커 준 것이 고맙기만 했는데, 지금 생각하면 환경이 그들의 철부지 시절을 빼앗은 것 같아 두 아들에게 미안한 마음이 크다.

모래사막에서 황금을 채취하여 싣고 돌아왔지만, 잃은 것이 더 많았음을 절감하였다.

작지만 풍성한 나라, 싱가포르

싱가포르는 음식 천국이라고 불릴 만큼 맛있고 진기한 먹을거리가 풍성하다. 1년 동안 매일 새로운 음식을 맛본다 해도 다 맛볼 수 없을 정도로 다양한 요리가 발길을 멈추게 한다. 큼지막한 바닷가재를 손님에게 보여준 뒤 회를 뜨고, 남은 것으로 샤브샤브 요리를 해주는 고급 식당이 있다. 그런가 하면 천 원으로 한 끼 식사를 해결할 수 있는 맛있고 저렴한 음식을 호커 센터Hauker Center에서 얼마든지 맛볼 수 있다.

남편이 썬택 시티SUNTEC CITY 프로젝트 매니저로 근무하고 있는 동안에 친정아버지를 초청했다. 요리 중에서 빠꾸떼(육골차)는 손꼽는 별미 요리로 알려져 있다. 빠꾸떼를 맛보여 드리려고 중국인 토박이 지역에서 빠꾸떼만 전문으로 요리하는 새벽 식당으로 모시고 갔다. 그 식당은 학교의 강당처럼 높고 넓은 공간에 수십 개의 식탁이 놓여 있고 앞치마를 두른 중년 웨이터들이 분주하게 시중을 들고 있었다. 빠꾸떼는 돼지 갈빗살을 약재와 함께 오래도록 푹 끓인 해장국의 일종이다. 허브향이 배어 있어서 돼지고기의 누린내가 전혀 나지 않고 졸깃하면서 부드럽다. 큰 대접에 듬뿍 담긴 빠꾸떼는 보기만 해도 푸짐했다.

빠꾸떼는 말레이시아의 주석 광산에서 일하던 중국 노동자들에 의해 개발된 음식이다. 체력을 유지하기 위해 꼭 필요한 영양소의 공급원으로, 값싸고 요리하기 쉬운 돼지갈비와 채소를 한 솥에 넣어 끓여서 급히 먹고 일터로 나갔던 아픈 역사가 깃든 음식이다. 중국에서 태어난 아버지는 중국에 살던 때 빠꾸떼는 본 적도 먹어 본 적도 없다고 했다.

출근 전의 바쁜 손님들을 위해 식탁마다 작은 화로 위에서 찻물이 끓고 있었다. 맵고 새콤한 칭아짜우로 식욕을 돋우고, 갈비 토막을 뜯으며 간장 종지만 한 찻잔에 차를 따라 마시면 입안이 개운해진다. 갈비뼈를 고아낸 국물에 바삭하게 씹히는 꽈즈를 담갔다가 먹는 맛은, 고급 요리에서는 느낄 수 없는 토속적인 풍미가 배어 있다. 그곳에서 조반을 먹고 출근하는 싱가포르의 미식가들 틈에 끼어서 아버지께 이국적인 조반을 대접했던 기억이 어제 일처럼 눈에 선하다.

싱가포르는 더운 날씨 때문에 밤의 문화가 발달하여 밤이면 거리마다 사람들의 물결로 넘실거린다. 각종 국제 업무로 거주하는 사람들, 여행객들, 문화 행사를 즐기는 사람들의 발길로 밤거리는 흥청댄다. 불야성을 이루고 있는 시내를 벗어나 해변으로 나가면 검푸른 숲이 병풍처럼 둘러 있고, 잔잔한 바다 위엔 금빛 모래알을 흩뿌린 듯 별들이 총총히 떠 있다. 바닷가를 거니는 연인들의 모습은 바다 위에 점점이 떠 있는 작은 섬으로 보였다.

세계 3대 테너 가수로 불리던 카레라스, 도밍고, 파바로티의 콘서트를 보고 나오던 날이었다. 공연장에서 나온 일행은 포리지porridge 전문 음식점으로 갔다. 포리지는 말레이시아의 쌀죽으로, 아무 양념도 하지 않은 흰죽에 큼직한 고구마가 들어 있다. 보온 죽통에 든 포리지를 그릇에 덜어 말캉한 고구마를 건져서 먹는 맛, 채소볶음이나 타지단(계란볶음)을 얹어서 먹는 포리지는 야식으로 일품이었다.

음식은 배고픔을 채워주는 것으로, 맛을 음미하는 것으로는 완전한 포만감을 느낄 수 없다. 함께 음식을 나누던 사람들과의 기억, 고소하고 새콤한 음식 냄새, 눈빛과 마음이 이어지던 추억을 곁들여야 진정한 만복감이 느껴진다. 아픈 역사가 깃든 빠꾸떼와 담박한 맛의 포리지가 잊히지 않는 것은 혀의 기억이 아니라 함께 음식을 나누던 사람들과의 추억이 그리워서이다.

희귀한 열대과일이 다양하고 풍성하여, 원숭이처럼 과일만 먹어도 즐겁게 살아갈 수 있는 곳에서 만난 과일 이야기이다. 과일의 왕이라는 두리안durian은 '지옥의 향기와 천국의 맛'이라는 수식어가 붙는 과일이다.

싱가포르에 거주하던 시절, 처음으로 두리안을 사러 재래시장에 갔던 날이었다. 과일 시장에서는 향긋한 과일 향이 풍겨야 하는데 코를 싸잡고 달아나게 하는 구린내가 진동했다. 남편으로부터 두리안 이야기를 들었지만 정작 과일가게에 들어서자 견딜 수 없었다. 그래도 호기심에 한 개를 사고 포장을 몇 겹이나 해서 차에 싣고 왔다. 그 독특한 냄새 때문에 두리안을 사고 나면 곧장 집으로 가야 했다. 특이한 향 때문에 생과일은 동남아시아의 호텔이나 공항, 지하철 등에서는 반입이 금지되어 있다. 누구나 처음 두리안을 접하게 되면 역겨운 냄새 때문에 멀리 달아나고 싶어진다. 그러나 한 번만 맛보면 그 맛에 매료되어 자주 두리안을 찾게 된다.

싱가포르는 아주 작은 섬나라이다. 국가의 영토가 넓고 국민이 많아야 부강하고 안정된 삶을 누릴 수 있는 것만은 아니라는 사실을 2년여를 살면서 느낄 수 있었다.

명의를 만나다

홀가분한 마음으로 남편의 근무지인 싱가포르에서 지내던 때의 일이다. 열대 지방이기는 하지만 사우디아라비아와는 다르게 자유롭고 문화적인 환경이어서 하루하루가 즐거웠다. 콘도 정원에 있는 수영장에서 수영하고 들어오다가 종려나무를 올려다보았다. 종려나뭇잎에 쏟아지던 아침 햇살이 새들처럼 살포시 내 어깨로 내려앉음을 느끼면서 온 우주가 나를 위해 존재하는가 싶었다. 서울에서 다람쥐 쳇바퀴 돌듯 바쁘게 살던 내가 이렇게 한가로운 나날을 누리다니, 눈뜨면 사라져 버릴 꿈만 같았다.

그러던 어느 날, 옷을 갈아입다가 브래지어 안쪽에 조그만 검은 점이 있어 자세히 보니 피가 엉겨 있었다. 혹시나 하는 마음으로 병원으로 가 진찰을 받았더니 의사가 소견서를 써 주면서 유방암 전문 병원으로 가보라고 했다. 그곳에서 엑스레이와 초음파 검사를 하고 나자 곧바로 외과 전문의를 소개해 주며, 오늘 안으로 꼭 만나라고 했다.

싱가포르에도 출퇴근 시간에는 교통 체증이 심해 외과

의사가 이미 퇴근했을까 봐 조바심이 일었다. 외과 클리닉에 도착했을 때는 이미 퇴근 시간이 지나 있었다. 의사는 서둘러 들어가는 나에게 교통이 혼잡한 것을 알기 때문에 느긋하게 기다리고 있었으니, 우선 편히 앉아서 쉬라며 자리를 권했다.

싱가포르에서는 종합 병원에서 모든 검사를 하지 않고 각 전문 클리닉에서 검사한 뒤, 수술할 의사와 병원을 환자가 결정하게 했다. 엘리자베스 메디컬에 입원하여 필요한 검사를 받고, 그 이튿날 수술을 받게 되었다. 오전 오후 중 수술 시간을 환자가 결정하도록 배려해 주는 의사의 태도에 일단 마음이 놓였다. 배려는 곧 정성이며 최선을 다하겠다는 약속으로 받아들여졌다. 어느새 의료진으로부터 가족처럼 따뜻한 대접과 사랑을 받고 있다는 확신이 들었다. 마음을 졸일 시간도 없이 병을 발견한 지 삼일 만에 1차 수술로 엑스레이에 잡힌 부분을 떼어 내었다. 떼어 낸 조직을 5일간 정밀 검사한 결과, 악성 종양으로 판명이 나서 임파선도 절제하는 재수술을 받았다.

수술한 뒤 삼십 일이 지나 방사선 치료를 받기 시작했다. 방사선 조사照射실에 두 계단을 올라가야 누울 수 있는 침대 하나가 넓은 방에 덩그렇게 놓여 있었다. 치료받으러 간 첫날, 조사실로 안내하여 높은 침대에 올라갈 때 손을 붙잡아주며 누울 수 있도록 돕고 담요까지 세심하게 덮어준 간호사는 삼십 일 동안 한결같은 태도였다. 그들의 친절함은 단지 직업적인 것으로 보이지 않았다. 마치 자기 가족의 아픔을 염려하듯 진심 어린 따뜻함이 배어 있었다. 암이라는 무서운 병에 걸렸는데도 절망하거나 고통스러워하지 않을 수 있었던 것은 의료진들의 친절하고 성의 있는 태도 덕분이었다. 그것은 어떤 명약보다도 더 큰 효력을 나타내었다. 진심으로 보살피는 따뜻한 마음을 가진 의사가 바로 명의였다.

글을 쓰며
진정한 휴식을 얻다

은퇴는 언제부터였을까

"은퇴란 직임에서 물러나거나 세속의 일에서 손을 떼고 한가롭게 지냄."이라고 사전에 기록되어 있다. 인위적으로 둘러놓은 울타리에서 벗어난 뒤에 누리는 홀가분함, 그것을 은퇴라 정의하고 있다.

1977년 직장에서 퇴직한 것을 나의 은퇴 시작으로 보자.

10년을 근무하던 이화여대에 사표를 내게 된 것은 둘째 아들의 한마디 때문이었다. 남편이 해외 근무한 지 2년 여가 지났을 즈음, 작은아들이 담 너머 골목길을 내다보다가 "엄마, 창규는 아빠도 있어." 하기에 보았더니 뒷집 아빠가 퇴근하는 길이었다. 저녁이면 퇴근하는 아빠들을 보며 "우리 아빠는 왜 오지 않을까?" 한다. 여섯 살 어린 것이 얼마나 아빠가 보고 싶었으면 그런 표현을 했을까! 아들의 말을 구구절절이 써서 남편에게 보내면서 본사에 가족 송출을 청원해 보라고 부탁했다.

가족 송출 허가를 기다리면서 주저하지 않고 사표를 냈다. 은퇴가 나에게 준 선물은 24시간을 내 마음대로 쓸 수 있는 자유였다. 자유와 시간은 자산 중에 으뜸이다. 권력이나 재물보다 무한의 가능성과 성취의 기쁨을 얻을 수 있는 보고이다. 예전에는 보지 못했던 소소한 것들을 찾아보고, 즐기고, 나누고, 베풀며 살아보라는 선물이다.

아침마다 동동거리며 출근해야 한다는 긴장감에서 벗어났다. 퇴직한 다음 날부터 그렇게도 원하던 그림을 그리기 시작했다. 밤늦도록 그림을 그릴 수 있었다. 좋아하는 화가, 고흐의 그림을 모사하며 붓질을 익혔다. 보고 싶은 그림 전시회를 찾아 언제든지 갈 수 있었다. 세상 모든 풍광이 그림의 구도로 보였고 색채의 군무 같았다.

밤을 새우며 책을 읽어도 되었다. 읽고 싶었던 책을 서점에서 한가로이 고르다가 몇 권의 책을 사 들고 나오는 발걸음은 폴카를 추는 듯 경쾌했다. 제철 나물들이 수북이 담긴 소쿠리를 늘어놓은 시장 골목을 누비고 다니며 살림꾼이 된 것 같아 뿌듯했다. 털실과 각종 직물이 쌓여 있는 동대문 상가를 다리가 아플 때까지 구경할 수 있었다.

가물가물 잊혀져 가는 불어를 다시 배우기 위해 '알리앙스 프랑세즈'에 등록했다. 10명쯤 되는 학생들은 모두 사회인으로 영어 강사, 불문과 후배, 화가, 외신기자의 아내라는 일본 여인, 공군 장교, 시인, 고위직 공무원 부인 등 다양했다. 강의가 끝나면 프랑스인 강사를 모시고 맛있다는 음식점을 찾아가 점심을 먹고 찻집도 순례

했다. 나는 그 모임에서 참 좋은 친구를 발견했다. 이화여대 미술대학을 졸업한 박성은 화가였다. 둘이 그림 전시회를 다니고 제주도 여행도 함께하며 꿈이 통하고 발걸음 리듬이 잘 맞는 친구가 되었다. 그녀가 프랑스 유학 중일 때 두 차례나 찾아가 함께 여행을 다녔고, 아무리 먹어도 질리지 않는 사과처럼 싱그러운 관계를 이어가고 있다. 새로운 대화를 계속 이어갈 수 있는 사람은, 곁에 두고 오래도록 같이 걷고 싶은 친구이다. 파리 여행 중에 알리앙스 프랑세즈에서 함께 공부했던 공군 장교를 파리 지하철에서 우연히 만났으니, 세계는 그리 넓은 곳도 아니었다.

직장에서 퇴직했고, 자칫 위선의 탈을 쓰기 쉬운 교회 직분을 내려놓고, 신과 나만의 만남으로 신앙의 참 자유를 얻었다. 무엇보다 가장 큰 자유는 자신을 드러내고 싶은 마음을 비운 것이었다. 고통과 절망, 환희와 절정의 요란한 모습이 가라앉은 순간들이 이어졌다. 그러자 무심의 평화와 한순간을 영원처럼 누릴 수 있었다. 시간과 공간과 의식을 편집하여 새로운 삶을 만들어 가면서 그 순간들을 글로 쓰기 시작했다. 고정관념과 편견을 과감히 내려놓고, 쓸모 있는 것을 나누고, 버리고, 비우면서, 시간도 다차원적으로 자유로워졌다.

은퇴가 가져다준 시간으로 성경 공부를 하고, 그림을

그리고, 글을 쓰고, 퀼트 작품도 만들며 새로운 삶을 누릴 수 있었다. 그 자유로운 시간에 얻은 선물 중에 가장 소중하고 값진 선물은 글을 쓰는 일이다. 생명이 담긴 글을 쓸 수 있기를 소망하며 기도한다.

인간에게 진정한 은퇴는 언제일까? 파동이 잦아들어 숨이 멎고 눈이 감기고 깨어나지 않는 깊은 잠에 드는 것이 인간에게 주어지는 참 은퇴가 아닐까?

글을 쓰게 된 사연

어린 시절 책을 읽으면서 "나도 글을 쓰고 싶다"는 마음이 싹텄다. '시루에 담긴 콩이 날마다 물을 받아먹으며 콩나물이 되듯' 어릴 적 꿈이 책을 읽으며 자라났다. 중학교 2학년 때 친구 열네 명이 독서 동아리를 만들어, 토요일이면 성공회 잔디밭에 모여 앉아서 독후감을 나누었다. 적선동에 책을 빌려주는 헌책방이 있었다. 6.25전쟁 직후라 신간 서적이 많지 않았고 책을 사서 읽을 형편은 아니어서, 한동네에 살고 있는 친구와 매주 책을 빌려 서로 돌려가며 읽었다. 3일에 한 권을 읽으려니 공부 시간에도 책상 밑에 놓고 읽다가 선생님께 들키기도 했다. 그모임은 대학에 진학하면서 자연스레 흩어졌고, 이화대학에 함께 진학한 친구들끼리 모이게 되었다. 지금은 여섯 명이 모이고 있다. 요즈음엔 전시회나 여행을 함께 다니며 반려자처럼 서로서로 돌보며 따듯한 정을 이어가고 있다. '서로'라는 어휘는 얼마나 정겨운가! 우리에게 함께하는 마음이 없고 오직 자신만을 생각한다면 황무지 같은 세상에서 어떻게 살아갈 수 있을까? 서로서로란 마음은 인간끼리의 교감뿐만 아니라 자연과의 관계도 아우르니 자연을 지킬 수 있는 지름길이다. 마음은 삶의 밭이다. 마음에 어떤 씨앗을 심고 어떻게 가꾸는가가 삶을 풍요롭게도, 피폐하게도 만든다.

시집살이와 직장생활, 해외생활로 바쁘게 살면서도 글을 쓰고 싶다는 열망은 사그라지지 않고 마음 한구석에서 풀무질하고 있었다. 글쓰기를 늦게 시작하게 된 동기는 엉뚱하게 열렸다. 서울의 번잡한 생활에서 벗어나 친정 삼 남매가 일산 신도시에 3층 집을 짓고 〈동인재東仁齋〉라 현판을 붙이고 한 울안에서 살았다. 어머니 품 안에서 자라던 때처럼 동생들과 아롱다롱 즐거운 날들이었다. 햇빛에 반짝이는 나뭇잎은 바람에 살랑살랑 뒤척이고, 꽃송이에 모여든 나비는 팔랑팔랑, 벌들은 붕붕거리며 꿀을 모은다. 새들이 날아와 개의 사료를 쪼아 먹어도 개는 그저 흐뭇하다는 표정으로 바라보기만 했다. 새들은 사료만 먹으러 오는 것이 아니었다. 맑은 물이 찰랑찰랑 담긴 돌확에 들어앉아 퍼덕이며 목욕도 한다. 계절 따라 매실과 살구며 대추, 감, 모과를 수확하는 농부의 기쁨도 누렸다. 밤이면 동인재 뜨락에 별들이 내려와 나뭇가지에 오롱조롱 매달려 깜박깜박 눈인사를 보내온다. 그들과 함께하는 하루하루가 평화롭고 달콤하고 한가로웠다.

어느 날 아침 정발산 산책길에서였다. 애견 야샤를 데리고 돌아오는 길이었는데 녀석이 더 놀고 싶다고 하도 낑낑대기에 조금만 뛰어놀라고 목줄을 풀어 주었다. 집으로 돌아가려고 건널목에서 한참을 기다려도 녀석이 오지 않아서 "야샤~ 집에 가자." 불렀더니 숲속에서 달려 나왔다. 야샤는 우리가 이미 길을 건너간 줄 알고 횡단보도로 뛰어들었다. 그런데 저만치서 차가 달려오고 있었다. 서로를 향해 달리고 있는 그들을 보면서 째깍째깍 가슴이 타들어갔다. 그런데 정말 야샤가 차와 부딪쳐 붕 떠오르더니 쿵 떨어졌다. 차는 그대로 달아나 버렸다. 나는 피투성이 야샤를 끌어안고 주저앉았다. 그날, 살아오면서 꽉 닫혀 있던 감정의 문이 벌컥 열리는 경험을 했다. 참으로 안타까운 가족의 죽음을 수차례나 겪으면서도 마음놓고 소리 내어 울어보지 못했었다. 그런데 차에 치인 개를 안고 정발산이 흔들릴 만큼 큰 소리로 통곡하며 오래오래 울었다. 생명과 죽음이 순간 찰나에 판가름 나는 것을 목격하고 내 의식은 하얗게 바랬다. 죽음은 그렇게 예고 없이 순식간에 일어나는 것을 보았다. 생명은 너무나 덧없이 눈앞에서 사라졌다. 어떤 것에도 의미가 없었다. 모든 게 정지되었다. 먹기도 싫고 말도 하기 싫고 아무도 만나기 싫어서 몸을 똬리처럼 동그랗게 말고 방구석에 앉아만 있었다.

그렇게 두어 달이 지났을 즈음에 여학교 시절에 맺은 에스 언니가 찾아왔다. 틈틈이 써놓은 습작 노트를 우연히 펼쳐본 자숙 언니는 나를 '이음새 문학회' 합평 모임에 데리고 갔다. 회원들이 작품을 서로 논평하는 모습을 지켜보면서 꽁꽁 얼어붙었던 마음에 뜨거운 바람이 휘익 불어왔다. 그 충격으로 문학 강좌에 다니며 글을 쓰기 위해 공부를 시작했다. 이음새 문학회에서 글을 쓰고 합평하면서 20여 년이란 세월을 지냈다.

박이문 선생님께서 글을 써보라고 말씀하신 후 40여 년이 지나서야 그동안 쓴 글을 들고 찾아뵈었다. 책으로 묶어내고 싶다고 말씀드렸더니, 읽어보시고 추천사를 써주셨다. 내 생애 첫 수필집 『꽃은 흔들리며 사랑한다』가 그렇게 태어났다.

나의 글쓰기는 "내가 누구인가? 왜 여기에서 서성이고 있는가."를 돌아보게 했다. 독자를 의식하며 쓴 글이 아니라 내 안에 쌓여 있던 고통과 증오, 슬픔을 끌어올리는 두레박질이었다. 오랜 세월 맺힌 옹이와 멍든 상처들이 잠겨 있는 우물에서 하나씩 건져 올려 풀어 놓았다. 나 자신을 파헤치고 위로를 받기 위해 쓰고 또 썼다. 글이 써지지 않을 때는 성경을 읽는다. 성경은 내겐 글쓰기의 멘토이다. 글을 쓰면서 증오가 사랑으로 바뀌는 것을 경험했다. 고통스러웠던 일들은 감사하는 마음으로, 슬픈 기억은 그리움으로 변해갔다. 그래서 글 쓰는 일은 나에겐 제일 행복하고 진정한 휴식을 누릴 수 있는 시간이다. 자신만 들여다보며 애간장을 저미던 공간과 시간에서 벗어났다. 부조리한 세상을 향한 분노와 공포의 빙하가 떠다니던 자리에서, 눈을 뜨고 더 멀리 바라보게 되었다. 눈에 보이지 않는 것을 바라보며, 귀에 들리지 않는 것을 듣기 위해 영혼의 고막을 열었다. 멀리 더 멀리 올려다보며 그것들이 궁금해서 우주로 날아오르기 시작했다.

이산가족을 찾아서

이산가족은 일제의 폭정을 피해 외국으로 이주한 디아스포라들과 6.25전쟁으로 흩어졌던 가족들, 아차하는 순간에 미아가 된 아이들의 기막힌 사연들을 담고 있다. 1983년 6월 30일, KBS TV에서 '이산가족 찾기' 방송을 시작했다. 온 국민이 눈물바람에 젖어 있는 그 방송을 보며 우리도 중국에 살고 있는 이산가족을 찾아보자고 아버지께 말씀드렸다.

1984년도에는 한·중 국교가 열리지 않았지만, 서신 왕래는 홍콩을 통하여 가능하였다. 아버지는 헤어질 때 살던 주소로 작은할아버지와 큰아버지에게 편지를 보내 보았다. 그런데 기적처럼 37일 만에 당숙부와 사촌 동생으로부터 답신을 받았다. 반가움과 함께 슬픈 소식이 전해졌다. 작은할아버지와 큰아버지는 이미 세상을 떠나셨다는 안타까운 사연이었다. 그동안 거처를 여러 번 옮겼고 수취인도 고인이 되었지만 결국 가족에게 편지가 전달되었다. 놀랍고도 고마운 일이어서 우리는 감탄을 거듭했다. 그때의 기쁨과 슬픔을 아버지는 "하늘도 울고 땅도 울고 산천초목도 울더라."고 표현하였다.

아내와 막내며느리, 큰아들까지 떠나보내고 애통의 늪에 빠져 있던 아버지에게 평생소원인 중국 방문을 권유했다. 드디어 1987년, 중화인민공화국과 국교 정상화가 되기 전이라 대한적십자사를 찾아가 이산가족의 애달픈 사연을 호소하여 여행 허가를 받았다. 끈질긴 노력 끝에 6개월 만에 중국에서 초청 공증서를 보내주었다. 홍콩에 가서 입국 사증을 받아 북경행 비행기에 오를 수 있었다. 아버지는 40년 만에 어머니의 영혼이라도 동행하고 싶다고 하시며 중국으로 가셨다. 아버지에게는 일생에 가장 행복한 시간을 누렸던 여행이 되었다. 아버지는 그 여행 기록을 『40년 만에 가본 중국』이라는 책으로 출간했다.

아버지를 만난 형제 친척들의 정과 반가움은 혈육의 뜨거운 사랑으로 흘러넘쳤다. 내몽골에서 친척들과 감격의 며칠을 보내고 심양에 갈 날이 되었을 때였다. 하루라도 더 함께 있고 싶어서, 작은할머니는 아버지의 양복바지를 세탁했으니 마를 때까지 기다리라 하시고는 바지를 밤마다 물에 담가놓았다. 형제 친척들은 근무하는 직장에 장기 휴가를 내고 아버지만을 위해서 두 달이나 보냈다. 고급 공무원인 영록 당숙부는 관공서 차를 대여받아서 아버지를 모시고 다녔다. 그 당시 중국에는 택시를 타기가 쉽지 않았고 자가용은 흔치 않던 시절이었다.

마침 아버지 생신을 심양에서 맞게 되어, 사촌 언니들이 환갑잔칫상을 차리듯 정성스레 잔치를 준비하였다. 아버지가 병약한 몸으로 1947년에 한국으로 돌아간 뒤, 40년이나 철의 장막으로 단절되었고 6.25전쟁도 겪었으니 살아 있으리라고는 생각지 않았단다. 아버지를 다시 만난 기쁨에 수십 명이나 되는 친척들이 모여서 생신 축하를 하는 사진엔 혈육의 정이 절절 끓는다.

　아버지는 그 만남의 기억을 이렇게 술회하셨다. "모두 내 곁을 떠나지 않고 달라붙어서 만져보고 쓸어보고 믿어지지 않는 양 싱글벙글, 어른 아이 할 것 없이 춤을 추고 노래하고 뜨겁게 뜨겁게, 진심으로 진심으로 즐겁고 즐거워 지칠 줄을 모른다. 밤은 밝았고 아침 6시가 넘었다. 평생 처음 참 기쁨을 맛보았고 참 인정을 겪어보았구나. 세상에서 어느 누가 나를 이만큼 환대하랴, 이만큼 사랑하랴, 내 친자식인들 이렇게는 할 수 없으리라." 2005년에 중국을 방문했을 때 나도 똑같은 감정에 휩싸였다. 그들의 깊은 사랑과 환대는 불길처럼 뜨거웠다.

어머니가 세상을 떠나시고

　알코바 주택 건설 현장에 살던 시절이다. 시집살이하면서도 직장에 다니느라 부엌살림을 직접 내 손으로 하지 않고 살았다. 몸만 어머니 곁에서 떨어져 나왔을 뿐 마흔 살이 되도록 아직도 어머니의 손길이 필요한 딸이었다. 쩔쩔매고 있을 딸에게 어머니는 인편이 있을 때면, 버무려 넣기만 하면 되도록 절인 배추와 양념을 보내주었다. 아무리 잘 포장해도 냄새나는 김치를 비행기로 배달해 주는 직원에겐 한없이 미안하고 고마웠다. '엄마 손맛 김치'를 식탁에 올리며 겨우 살림살이에 적응해 나가던 때였다.

　편지 쓰기를 좋아하는 만큼 편지 받는 것을 일상의 낙으로 삼아 지내고 있었다. 그러던 어느 날 받은 아버지 편지를 읽으며 대들보가 와르르 무너지는 소리를 들었다. 어머니가 편찮으신데 식구들을 알아보지 못한다는 내용이었다. 내 친구가 병문안을 갔더니 딸을 찾으며 우셨다고 했다. 입원 중에도 혈압이 올라 의식을 잃었다가 깨어나기를 반복해서 정상 회복이 힘들다는 소식이었다.

그 편지들을 읽고 또 읽으며 하도 애달파하니까 남편은 회사에 일시 귀국 신청을 했다. 어머니가 입원해 있는 동대문 이대부속병원으로 달려갔다. 어머니는 나를 보자 아버지께 "저이는 누구세요?" 하셨다. "엄마 딸, 윤정이가 왔어요." 얼굴을 가까이 대며 몇 번이나 반복해 말씀드렸다. 어머니는 6년을 누워계시는 동안 하나뿐인 딸을 알아보지 못하셨다.

병원 복도에서 잠을 자며 엄마를 돌보고 학교에 다니던 막냇동생은 대학교 2학년이었다. 그가 대학원을 졸업할 때까지 4년이 넘도록 어머니는 병원에 입·퇴원을 반복했다. 몇 년을 하루같이 정성을 다해 환자를 돌보는 아버지와 막냇동생은 중풍 환자를 간병하는 모범 사례가 되었다. 어머니 입원실로 간병인들이 견학하러 오곤 했다. 그동안 그 모습을 지켜보았던 어머니의 담당 간호사는 아버지와 동생에게 감복하고 마침내 막냇동생과 결혼하였다. 어머니는 며느리가 누구인지도 모른 채 일년이나 막내며느리의 정성 어린 간호를 받았다.

6년을 누워계시던 어머니 병세가 위중해지자 동생들은 어머니의 마지막 안식처인 묘소를 살펴보러 나가고 첫째 동생과 나만 집에 있을 때였다. 어머니 곁에 앉아서 손을 만지며 "엄마, 엄마" 나직이 불러보았다. 어머니 눈에서 눈물이 주르르 귀밑으로 흘러내렸다. 내 목소리를 알아들으셨나 생각하니 기뻤다. 그런데 어머니의 숨결이 느껴지지 않았다. 그 눈물은 세상을 하직하며 흘리는 마지막 눈물이었다. 어머니는 병석에 누워 지내면서, 사랑을 받기만 하며 자라온 우리에게 엄마의 사랑이 어떤 것인지 낱낱이 깨닫게 했다. 또한 고통은 인생길에서 어쩔 수 없이 만나게 되는 난관이니 의연하게 대처해야 함을, 병중에도 신음 한 번 내지 않으면서 몸소 실천했다. 병은 잘못된 습관이 쌓여서 생긴다는 것과 몸을 쓰지 않으면 금방 쇠약해지는 모습도 보여주었다. 평소에 가르쳐도 알아듣지 못하던 것을 병석에서 가르쳤다. 어머니는 막내아들의 배필까지 맺어주고 할 일을 다했다는 듯, 1985년 11월 15일, 은행잎이 세상을 노랗게 물들이던 가을에 떠나셨다.

홍매가 피던 날 떠나간 막내 올케

어머니가 돌아가시고 달포가 좀 지나서 막내 올케가 예쁜 딸을 낳았다. 아기가 태어난 지 삼칠일이 지나고 홍매가 꽃봉오리를 막 열기 시작하던 1986년 이른 봄날에 막내 올케는 산후 후유증으로 홀연히 하늘의 별이 되었다. 어머니의 죽음을 채 받아들일 사이도 없이 막내 올케가 또 떠나갔다. 청천벽력이었다. 막내 올케는 천사같이 맑고 곱고 단아한 여자였다. 생각하고 말하고 행동하는 것이 언제 보아도 한결같고 엽렵했다. 하나도 트집 잡을 데가 없는 사람이었다.

사랑하던 가족이 연달아 세상을 떠나자, 생명과 죽음을 분간할 수 없는 지경에 빠졌다. 아내를 잃고 마음을 추스를 틈도 없이 막내며느리를 잃고 홀로된 아들과 어미 잃은 손녀를 바라보아야 하는 아버지 마음은 얼마나 참담하셨을까! 내겐 절망에 빠진 막냇동생과 담담하게 하루하루를 견디시는 아버지를 지켜보는 것만으로도 형벌이었다. 어미 잃은 아기에게 내 아이들을 기를 때보다 더 정성을 기울이며 우유를 먹이고 씻기면서, 호되게 불어닥친 돌풍에 함께 쓰러지지 않으려고 안간힘을 썼다. 누나가 힘들어 지쳐가는 것을 알아챈 첫째 동생이, 막냇 동생과 아기를 자기 집으로 데리고 갔다. 자기 아들이 셋이나 되고 남편은 지병으로 만성 환자인 큰올케에게는 너무나 무거운 짐이었다. 어머니 병시중을 들다가 이제 벗어난 지 반년도 안 되는데 다시 큰 짐을 맡게 된 큰올 케에게 무어라 말할 수 없이 미안했다. 물론 다른 올케들도 순번을 정해서 자전거를 타고 달려가 어머니를 돌보곤 했었다.

웃으며 떠난 첫째 동생

그렇게 힘들고 가슴 아픈 일년이 지났을 때쯤 첫째 동생은 오랜 병고를 훌훌 털고 하늘나라로 갔다. 마지막으로 병원에 입원해 있을 때였다. "누나, 하나님이 왜 이렇게 오래 끄시지?" 식구들이 병원에서 지내는 것이 미안해서인지 그는 그런 말도 했다. 산소 호흡기를 빼면서 "이제 이것 안 하고 싶어요." 하며, 자기 큰아들 이름을 몇 번이나 부르면서 "언제 오지?" 했다. 그런데 어린아이가 죽음이 깃든 아빠의 마지막 모습보다 아빠랑 즐겁던 모습을 기억하는 게 나을 것 같아서 굳이 그 애를 데려오지 않았다. 얼마나 아들이 보고 싶었을까, 꼭 들려주고 싶은 이야기도 있었을 텐데, 두고두고 후회되고 괴로운 기억이다. 그는 아버지께 먼저 가게 되어 불효막심하다고, 또박또박 예의 바르게 말씀드렸다. 아내에게는 다정한 몸짓조차 하지 못하고 아이들 잘 기르라고 당부만 했다. 지방에 가 있던 셋째 동생 이름까지 부르며 자기 아이들을 잘 돌봐달라고 동생들에게 부탁했다. 그리고 나에겐 "누나!" 부르면서 씩 웃었다. 그 웃던 모습을 떠올릴 때마다 가슴을 저미는 듯 아프다. 세 살 터울인 우리는 참 많은 기억을 공유하고 있다. 사내아이의 짓궂음을 받아주지 못하는 누나여서 우리는 잘 다투었다. 후회되고, 미안하고, 제일 보고 싶은 사람이다.

그는 하늘나라로 훨훨 날아갔을 것이다. 드넓은 하늘에 울타리도 필요 없는 농장을 짓고, 좋아했던 강아지와 병아리, 토끼, 새와 화초들을 기르며 신나고 즐거운 시간을 누리면 좋겠다. 축산과를 졸업하고 양계장을 경영하던 때, 새벽마다 양계장에 들어서며 "차렷! 경례!"를 외치던 우렁찬 그의 음성을 다시 듣고 싶다. 친구들이 찾아와 밤이 늦도록 놀다가 마당에 누워 잠이 들었을 때, 충견 뽀삐는 몸으로 그를 감싸고 아침까지 지켜주었다. 그는 지병을 안고 살면서도 자연인으로 허허공공하며 동물들과 친구처럼 살다가 떠났다. 신이 소원 하나를 들어주신다면 "첫째 동생 윤석에게 건강한 인생을 이 땅에서 살아보게 해주십시오." 빌겠다.

아버지의 유산

남편이 싱가포르에 근무하고 있던 1993년 겨울에 아버지를 초청했다. 날씨도 따뜻하고 중국어로 의사소통을 할 수 있어서 아버지는 즐거워하셨다. 싱가포르는 음식 천국이라 별식도 마음껏 대접할 수 있었다. 주롱파크(새 공원)에 갔을 때 앵무새들이 어깨며 팔 위로 와 앉는 것을 아이처럼 좋아하던 아버지 모습이 그립다. 주일에는 아버지를 모시고 한인교회에 가서 예배를 드리고, 목사님의 소개로 인도네시아 바탐에 있는 개척 교회도 찾아갔었다. 말레이시아 여행 중에 말라카에 갔을 때였다. 도심 한복판에 있는, 네덜란드 점령 당시에 지은 빨간 예배당을 보시고, "치욕의 역사도 문화재로 두고 후세에게 교육하고 있구나" 하셨다.

아버지가 귀국하신 뒤 여행 사진을 정리하는 중에 우연히 유방암이 발견되어 서둘러 수술을 받았다. 아버지께는 걱정하실 것 같아 알리지 않고 입원해 있을 때, '챈발이 곱 챈다.'는 속담처럼 아버지가 편찮으시다는 소식이 왔다. 나는 육 주간의 방사선 치료를 끝내자마자 귀국

했다. 아버지는 담도암 수술을 받고 나서 어떤 항암 치료도 받지 않겠다고 단호히 거절했다. 어머니와 시어머님 병 시중들던 우리를 지켜보며 안쓰러워했던 아버지. 당신이 중병에 걸리면 절대 연명 치료를 하지 말라고 당부하였었다.

아버지는 퇴원하고 기력이 좀 회복되자, 어려울 때 도움받았던 분들을 일일이 찾아가 감사함을 전하고, 아버지를 배신하고 떠났던 사람도 찾아가 "이제 마음 편히 살라"며 위로금까지 주었다. 그렇게 인생의 빚을 정리하고 두 달 만에 돌아오신 아버지는 가족을 다 불러 고별예배를 드리고, 자손들에게 "서로 사랑을 베풀어라." 유언하셨다.

인간의 존엄성을 지킬 수 없는 생존은 본인에게 고욕이고, 가족에게는 고통이라며 물 한 모금도 넘기지 않았다. 자식들이 아무리 애원해도 고집을 꺾지 않았다. 안색이 점차 노리끼리해지고 평온한 모습으로 보름 만에 영면에 드셨다. 삶을 미련 없이 정리하고 영원한 안식처로 떠나던 아버지 모습은 억만금 재화보다 값진 유산이었다. 그러나 우리 자손들은 슬픔과 후회로 청개구리처럼 오래오래 울었다.

포천 묘원에서 아버지 어머니는 오른편에 맏아들을, 왼편에 막내며느리를 보듬고 누워 계셨다. 막냇동생이 세종시로 이사하여 산 밑 넓은 터에 집을 지었다. 그는 형제들이 살아가는 과정을 곁에서 보면서, 철이 일찍 들고 생각이 깊고 매사에 단호했다. 철학을 전공하고 학생들을 가르치다가 은퇴하고는, 전원에서 자연을 공부하며 지낸다. 포천 묘원을 관리해 주던 분이 세상을 떠나자, 막냇동생은 자기 집 정원으로 아버지, 어머니, 첫째 동생, 막내 올케의 유해를 옮겨 왔다. 정원에 누워계신 부모님께 매일 문안을 드리며, 그분들 앞에서 손자 손녀랑 새콤달콤한 재롱을 보여드린다. 마음이 복잡하고 난감할 때, 아버지 앞에 가서 자초지종을 이야기하고 나면 지혜와 평안함을 얻는다고 한다. 덕분에 우리 남매들은 먼 곳으로 성묘 가는 대신 세종시 막냇동생 집에서 자주 모이게 되었다. 정원에 모신 부모님과 동생을 만날 수 있고, 분가한 조카들, 귀염둥이 손자 손녀들도 그곳에서 자주 만나게 되니 동인재에 살던 때처럼 와글와글 즐겁다.

어머니는 짐을 싣고 달리는 삼륜차였다

어머니는 일생을 짐보따리 싸는 일로 살았다. 내몽골에서 만주로 옮겨오며, 봉천에서 천진으로 이동하며, 고국으로 돌아오며, 민족상잔의 전쟁 때 부산으로 피란을 가며, 아버지 사업이 실패를 거듭하여 이사 다니면서 짐을 싸고 푸는 일에 이골이 날 정도였다. 어머니는 이삿짐을 싣고 달리는 삼륜차였다. 부산으로 피란할 때 솜이불 보따리를 이고, 두 살짜리 아기를 업고, 옷과 냄비를 넣은 보따리를 들고, 우리 남매를 이끌고 다녔다. 어머니는 그때 스물아홉 살 호리호리한 미인이었다. 초인적 모성의 힘이었음을 깨달으며 가슴이 저려온다. 어머니는 수시로 닥치는 고난 속에서도 절망하거나 한탄하는 모습을 보인 적이 없었다. 아버지가 사업에 실패했을 때는 무슨 일이라도 찾아서 하였고, 옷매무새는 항상 단정하고 깔끔했다. 그런 어머니를 곁에서 지켜보며, 나는 일찍 철이 든 가엾은 아이가 되었다. 어려서도 떼를 써본 적이 없는 아이, 우등상을 타도 자랑하지 않았고, 분하거나 슬퍼도 소리 내어 엉엉 울지도 못했다. 몹시 곤궁할 때나 불편해도 죽을 만큼 못 견디겠다는 절박한 마음이 들지 않았다. 그렇게 도통한 노인처럼 살면서도 사는 것이 지루하다고 느낀 적은 없었다. 새롭게 닥치는 상황이 경이롭고, 무슨 일이 덮쳐오던 고통을 겪으면서도 낙망하지 않고, 항상 행복한 결말을 기대하고 믿었다. 그러나 때때로 어두운 기억에 소스라치기도 한다.

피카소의 그림 「게르니카」를 감상하던 때였다. 스페인 북부 바스크 지방의 작은 도시 게르니카가 스페인 내란 중 폭격을 당해 폐허로 변했다. 파블로 피카소는 전쟁의 참상을, 폭격의 무자비함과 어이없는 죽음, 허공을 향한 분노, 처절한 슬픔과 고통을 적나라하게 표현했다. 전쟁으로 인한 비극을 폭로한 이 그림은 스페인 총통 프란시스코 프랑코가 사망할 때까지 스페인으로 돌아오지 못하다가, 피카소 탄생 100주년을 맞아 마드리드의 프라도 미술관에 걸리게 되었다. 그 그림을 보면서 내 안에 켜켜이 쌓여 있는 고통과 분노를 거울로 비춰 보는 것 같아 온몸에 소름이 끼쳤다.

진주 같은 아이

기다리고 기다리던 선물을 받았다. 영롱한 진주였다.

나는 오 남매의 고명딸로 태어나 자매가 없었다. 언니나 여동생이 있는 사람을 늘 부러워하며 살아왔다. 그러다가 결혼하고 아들만 둘을 낳았다. 내 분복이라 생각하고 주어진 삶에 만족하며 지내왔다. 그런데 고맙게도 큰아들이 결혼하고 나에게 손녀를 안겨주었다.

큰아들이 대학생이던 때 친구들이 놀러 왔는데 눈에 확 들어오는 여학생이 있었다. 눈이 크고 콧날이 오똑하고 갸름한 서구형의 미인으로, 웃는 모습이 아이같이 맑던 그 여학생이 내 며느리가 되었다. 아들이 대학원을 졸업하던 날, 자기 아버지를 모시고 노란 튤립을 한 아름 안고 왔을 때 모습은 모네의 그림처럼 싱그러웠다. 아들이 취직하고 두 달 만에 그들은 결혼예식을 올렸다. 며느리를 맞이하며 딸이 생겼다고 고마워했다. 아직도 며느리 이름을 부르고 딸로 여기며 지내고 있다. 나는 며느리를 '보증수표'라 부른다. 매사에 틀림이 없고 단 한 번도 이야기를 건성 들어 넘기거나 잊은 적이 없다. 유머 감각이 뛰어나고 솔직담백하며 물욕이 없다. 예쁜 것이 있어서 주려고 하면 "어머니, 두고 쓰세요." 사양한다. 요즈음 여자들과 달리 남편과 딸에게 헌신적이라 할 정도로 정성을 다 쏟는다.

손녀 예린이를 제일병원에서 출산했다. 순산이어서 산모도 아기도 건강했다. 아기를 처음 받아 안고 감사기도를 드렸다. 내 아들들을 낳았을 때는 기도드릴 마음의 여유가 없었다. 내가 아기 엄마가 되었다는 벅찬 마음과 산통 끝에 아기가 태어난 것에 그저 감격하느라 기도할 생각은 떠오르지 않았다.

예린이는 옆 아파트에 사시는 외할머니 외할아버지 손에서 자랐다. 며느리가 직장에 가는 시간이면 아기를 친정에 맡기고, 퇴근하면서 아기를 찾아 안고 가는 생활이 계속되었다. 내 생애 처음 만난 손녀가 보고 싶고 함께 있고 싶어서, 주말이면 우리 집으로 데려오라 해서 이틀을 함께 지냈다. 아기가 이집 저집으로 매일 옮겨 다녀서인지 우유를 잘 먹지 않았다. 첫 손녀에게 온 마음을 다 쏟고 있는 식구들은 애가 달아서 어떻게든지 우유를 많이 먹여보려고 노력했다. 그러나 자라면서 밥도 잘 안 먹어서 오직 걱정거리라고는 예린이가 잘 먹지 않아서 제대로 발육되려나 하는 것이었다. 그래도 아기 때부터 누워서 있는 힘을 다해 발차기를 했다. 축구선수가 되려나,

태권도 선수가 되려나, 상상하며 기다렸다. 그런데 정말 초등학생일 때 태권도 흑띠를 맸다.

"예린이가 뒤집었다!" 몸을 뒤집던 날은 무슨 기적이라도 일어난 것처럼 흥분되고 감격스러웠다. 그러더니 배로 밀면서 기어야 하는데, 예린이는 엉덩이를 들고 네발로 엉금엉금 기는 것도 아니고 걷는 것도 아닌 모습으로 앞으로 몸을 움직였다. 아기가 응당 해야 하는 동작을 하나씩 보여줄 때마다 신통하고 귀여워서 세상에 둘도 없는 천재인 것 같았다.

큰아들이 뒤늦게 음악 공부하겠다며 미국으로 유학 갈 때 가족을 데리고 갔다. 예린이가 유아원에 처음 가던 날, 흑인 보모 선생님을 보고는 눈을 꼭 감고 울었다. 울다가 선생님 얼굴을 다시 보고, 또 울었다. 그러던 예린이가 며칠이 지나자, 점심시간에 선생님이 호명하는 대로 도시락을 찾아서 친구들 앞에 놓아주었다. 그렇게 환경에 잘 적응하며 자랐다.

우리 부부가 아이들을 보러 보스턴에 갔을 때 일이다. 며느리와 5살 된 예린이를 데리고 백화점에 갔는데, 며느리와 나는 그릇을 구경하는 데 정신이 팔려 있다가 보니 예린이가 보이지 않았다. 급하게 찾아다니다가 유리그릇이 진열된 곳에 조각처럼 서 있는 아이를 발견했다. 왜 그러냐고 물었더니, 점원이 와서 그릇 깨면 안 된다고

주의를 주었다는 것이다. 조용히 구경하는 아이에게 그런 말을 한 것에 자존심이 상해서 오뚝이처럼 서 있었다.

예린이는 제 아비가 7년이나 유학 생활을 하는 동안 뉴저지에서 초등학교에 다녔다. 책을 읽고 리포트를 쓰는 것이 숙제여서 어려서부터 책을 읽으며 자랐다. 그런데 한국에 돌아오자 책 읽기를 멀리하는 것 같아 안타까웠다. 교육환경이 얼마나 중요하고 일생을 좌우하는 것인지 알고 있지만 입시 위주의 교육풍토에서는 어쩔 수 없었다. 중학교 때, 목소리도 낭랑하고 발음이 정확해서 교내 영어 방송을 담당하기도 했다.

방학 때면 할머니와 손녀가 머리를 맞대고 앉아 봉숭아꽃물을 들이던 추억도 만들었다. 침대에 누워 예린이는 그리스 신화를, 나는 구약성경 이야기를 하다가 쌔근쌔근 잠이 들곤 했다. 강아지를 한 마리씩 데리고 정발산에 가면, 예린이는 평지보다 산등성이 길을 더 잘 올라서 꼭 다람쥐 같았다. 자전거를 타고 사이클 선수처럼 쌩쌩 달리는 모습은 보기만 해도 아찔했다.

대학생이 되고는 방학 때 아르바이트를 했다. 그 시간에 공부를 더 하는 게 나을 것 같았는데, 각종 아르바이트하면서 배우는 게 많다고 했다. 과연 아르바이트로 생활의 지혜와 인내를 많이 터득했음을 알 수 있었다. 타인을 배려하는 모습과 상대방의 이야기를 귀기울여 들어주는 태도는 제 아비를 빼닮았다. 손녀는 할머니에게 어리광을 부리는 게 자연스러운데, 예린이와는 친구처럼 무슨 이야기든지 진지하게 나눌 수 있어서 우리는 나이를 초월한 친구처럼 지낸다.

대학에서 서양화를 전공한 예린이는, 졸업 작품 전시회에서 독일 사진기자에게 작품이 처음으로 팔리기도 했다. 그런데 졸업하자 화가의 길을 접고 다른 대학에 편입하여 실내 건축 디자인을 공부하고는, 적성에 맞는 직장을 찾아 어느덧 직장여성이 되었다. 이제는 할아버지 할머니에게 용돈도 드리는 효녀 손녀이다. 세월이 무상하다고들 하지만 예린이가 숙녀가 되는 과정을 보면서 세월의 흐름이 고맙기도 하다.

지상의 낙원

남편과 나란히 누워서, "노후에 어떻게 살면 한가로운 여생을 누릴 수 있을까." 설계도를 그렸다. 장소를 옮겨야 삶도 바뀔 수 있다고 생각하고 압구정동을 떠나 경기도 신도시 일산으로 이사했다. 공원 옆 조그만 터에 친정 삼 남매가 의기투합하여 3층 집을 짓고, 한 지붕 세 가족의 삶을 열었다. 남편이 설계하고 시공한, 실내에 정원이 있는 집이었다. 험난한 항해를 끝내고 항구에 정박한 배처럼 모든 경쟁과 부대낌에서 벗어나 한적한 시간을 갖게 되었다. 그리 넓지는 않아도 아담한 정원을 꾸미고 자연과 하나가 되어 적은 것에 만족하는 아타락시아의 삶을 누릴 수 있었다. 꽃과 나무를, 새와 강아지를 우리 가족으로 받아들였다. 무엇보다 어머니 아버지 품에서 자라던 때처럼 삼 남매가 매일 얼굴을 볼 수 있고, 서로 이름을 부르면서 잃어버렸던 어린 시절을 되찾았다. 한 울타리 안에서 어린아이들이 자라는 것을 함께 지켜볼 수 있는 사랑과 꿈의 둥지를 틀었다.

80여 년 삶에서 20년을 유유자적하며 살았던 동인재

는 작은 우주였고, 지상 낙원이었다. 나를 묶어놓았던 관습과 고정관념, 편견의 창을 열고 드넓은 하늘을 올려다보았다. 모든 사물을 수평으로만 보고 평가하던 시선에서, 별을 바라보고 흙을 들여다보는 시간을 갖게 되었다. 사람과 황금이 위세를 떨치던 삶에서 하늘과 흙, 나무와 새, 강아지와 꿀벌이 주인공이 되었다. 그들은 자신의 몫을 즐겁게 누리며, 서로를 지켜주며 살고 있었다. 그들의 모습에서 평화를 발견할 수 있었고, 무위의 참뜻을 깨달을 수 있었다.

집은 공유하고 나누는 소통의 광장이었다. 사소한 꿈도 키워주는 텃밭이었다. 그 텃밭에서 남편은 현악기를 제작했고, 나는 글을 쓸 수 있었다. 조카들은 유전자 풀 pool에서 생명을 잉태하여 쌍둥이를 두 쌍이나 출산하였다. 혼돈 속에서 자신의 정체성을 발견할 수 있는 지성의 전당이었다. 인간도 자연의 한 조각임을 깨달을 때 갈등에서 벗어날 수 있는 쉼터였다. 내려놓고 비우는 일상이 더 풍성함으로 채워지는 것을 경험했다. 그러나 그곳도 어딘가로 떠나기 위해 잠시 서성이는 플랫폼이었다.

마지막 요람

나이 80이 넘어, 20년 동안 정들어 살던 일산의 동인재를 팔고 천안에 마련한 요람은 그냥 주어진 게 아니었다. 어렸을 적에 꿈 이야기를 하면 아버지는 나를 '요셉 같은 아이'라 하셨다. 이번에도 꿈을 통해서 퍼즐을 맞추듯 하나씩 보여주었다.

부동산에서 집을 보러 오겠다는 연락을 받으면 어김없이 꿈을 꾸었다. 쇠창살로 얼기설기 엮은 정사각형의 큰 틀이 미로 찾기의 현장으로 눈앞에 펼쳐졌다. 어디로 들어가서 어디로 나올 수 있을까? 아무리 훑어보아도 막막하기만 했다. 밤새도록 헤매다가 깨었다. 어느 날엔 뱀들이 우글거리는 골목에서 이리저리 피해 다니다가 현금이 가득 들어 있는 가방을 잃어버리는 꿈도 꾸었다. 계약하러 오겠다는 연락을 받은 날의 꿈이었다. 야트막한 물웅덩이가 눈앞에 보였다. 깊지는 않은데 건너갈 수가 없어서 망설이다가 잠이 깼다. 그날 부동산 중개인이 계약자의 남편을 미남이라고 말한 것이 화근이 되어 계약은 무산되었다. 요새의 성벽처럼 높고 두꺼운 벽돌담을 죽을 힘을 다해 기어 올라갔다. 오르는 중에 벽돌들이 여기저기서 허물어져 내렸다. 떨어질 듯 떨어질 듯 매달려 간신히 성벽 위에 올라섰다. 그곳엔 넓은 정원에 아취형 정자가 있었다. 그곳이 우리 집 정원이라 했다.

고관절이 골절되어 인공 관절을 넣고 재활 치료를 받으며 반년이나 집 안에서만 지내다가 걷기 연습을 하느라 아파트 정원을 산책하는 중에 놀라운 곳을 발견했다. 내가 사는 아파트 바로 뒤 정원에, 꿈에 보았던 모습과 똑같은, 여덟 개의 돌기둥이 돔을 떠받치고 있는 그 정자가 있었다. 놀랍고 반가웠다. 정자 아래엔 분수가 솟아오르고, 분수 주변으로 빙 둘러 가며 벤치가 놓여 있어 명상하거나 책 읽기도 쾌적하다. 격자무늬의 나무 울타리가 주변을 둘러싸고 있어서 작은 음악회를 하기에 알맞은 장소이다. 정자를 보고 싶어 산책할 때마다 둘러보고, 사진도 찍고, 정자에 들어가 앉아서 친구가 보내준 카카오톡을 열어 보기도 한다. 마침 스페인 국영 방송단에서 임재식 단장이 지휘하는 '애국가와 아리랑' 연주회 영상이 떴다. 우리 애국가와 아리랑을 외국인들이 구성지게 부르고 있었다. 아리랑의 곡조에 따라 나도 모르게 눈물이 흘러내렸다. 꿈을 통해 보여준 정자에 들어와 앉으면 "여호와는 나의 목자시니 내게 부족함이 없으리로다. 그가 나를 푸른 풀밭에 누이시며 나를 쉴만한 물가로 인도

하시는도다." 시편의 말씀이 떠오르곤 한다.

　누구에게나 태어나서 죽을 때까지 갖은 풍파를 겪으며 살아온 장소 중에 각별한 시간이 담긴 집이 있다. 일산의 동인재는 하늘과 땅이 주는 복락을 이십여 년이나 누릴 수 있었던 둥지였다. 내 삶의 황금 시절이었다. 동인재를 떠나면서 더는 누릴 것이 없으리라 생각했다. 그런데 낯선 고장에서 시작한 아파트 생활에 이웃의 다정한 손길이 햇살처럼 따뜻하다. 갓 쪄낸 구수한 옥수수, 동짓날에 따끈한 팥죽 한 그릇, 겨우내 호박죽을 끓여 먹을 수 있었던 늙은호박 두 덩이, 밭에서 손수 뽑은 무 몇 다발, 감자 한 자루, 김이 모락모락 나는 가래떡, 계절 따라 말캉한 살구, 복숭아, 고구마 한 박스 등, 나이 든 고모를 돌보듯 수시로 드나드는 이웃의 발길에 외로운 섬은 늘 잔칫집이다. 주일마다 아들과 함께하는 밥상이 생일상처럼 흥겹고 꽃이 만발한 풍경보다 황홀하다.

　이제 진정한 은퇴의 삶을 누리고 있다. 세상에서 치열하게 쫓아가던 것들을 내려놓으니 없는 것 같으나 더 풍성한 삶이 다가왔다. 하나가 백보다 더 풍요롭게 느껴지는 마음, 한가로움이 더 다양한 시간을 누리게 된다. 크로노스 시간에 얽매있다가 카이로스 시간에서 신과 대화가 이어지는 나날이다. 하나님이 예비하신 카이로스에 감탄, 또 감탄하며, 감사하는 마음으로 아침을 맞이한다.

감사의 파동이 잔잔히 온몸을 감돈다. "뜻이 하늘에서 이루어진 것같이 땅에서도 이루어지이다." 이 말씀의 비밀이 열리자, 천국은 죽은 뒤에 갈 수 있는 곳이 아니라 지금, 여기에서 생명을 체험하고 평온과 희락의 삶을 누리고 있음을 깨닫는다. 인간의 한계를 절감하고, 하나님이 열어주신 신비에서 무한한 사랑을 체험하며, 이렇게 내 마지막 요람은 카이로스로 채워지고 있다.

벌거숭이 내 모습

　내가 걸어온 발자취를 따라 여기까지 왔다. 시간이란 무엇인가, 공간은 어디를 뜻하는가. 그리고 어디로 가고 있는 걸까. 안개 속에서 길을 찾듯 기억을 더듬으며 시작한 글이다.

　아름답게, 천연덕스럽게 치장했던 가면은 낱낱이 벗겨지고 벌거숭이로 서 있다. 나의 실체를 이렇게 조목조목 분석하고 대면하게 될 줄은 몰랐다. 내가 지내온 시간과 공간과 기억은 유전자 모양처럼 서로 고리로 연결되어 있음을 발견했다.

　일제 강점기에 유민이 되어 내몽골에서 태어나 만주에서 유년 시절을 보냈다. 갖은 고초 겪으며 고국으로 돌아왔지만, 곧 6.25전쟁이 터져 참혹한 일을 체험하며 애늙은이가 되었다. 어린 날에 경험하고 느낀 감정들은 지워지지 않는 상흔으로 남아 있다. 중국에서 추위와 음산한 분위기가 싫었던 어린 날의 기억은, 햇볕을 유난히 그리워하며 살게 했다. 그러나 영혼까지 밝혀주는 진정한 양지는 지상에서는 만날 수 없었다. 그래서 방황하며 시간과 마음을 소모했다.

내가 살았던 장소가 다르듯 만난 사람들도 각양각색이었다. 나라마다 인종이 달랐고 그들의 인습과 문화가 달랐다. 사우디아라비아와 싱가포르에서 젊은 시절을 보냈던 경험은, 내 안에 다양한 기억과 다각적인 시각과 색다른 영역을 만들었다. 한반도에서는 봄날 아지랑이 피어오르던 길, 우물물을 길어 올려 등물하던 시원함, 오색으로 단풍 든 산야의 고즈넉함, 함박눈이 펑펑 내리는, 사계절을 느끼며 살았다. 그 아름답던 기억은, 열대 지방의 살인적인 더위를 경이로운 아름다움으로 받아들일 수 있게 했다.

나는 단 한 번도 사랑의 굶주림을 느껴본 적이 없었다. 물론 인간의 근본 고독은 떨쳐버릴 수 없었지만, 못 견디게 외롭다거나 홀로 버려졌다는 기분이 든 적이 없었다. 아버지는 어둠과 추위로부터 우리를 지켜주는 햇볕이었다. 따뜻한 아버지 사랑을 듬뿍 받으며 살아온 덕분에 넘어지고 고꾸라져도 다시 일어설 수 있었다. 거듭되는 피란살이 중에도 몽골에서 찍은 사진들, 창신국민학교 시절, 부산 피란국민학교 때의 사진과 성적표까지 간직해 오신 어머니는 소중함이 무엇인지 깨우쳐 주셨다.

맏딸로 태어나 남동생 넷의 누나로서 지금도 동생들에게 빚진 마음으로 살고 있다. 함께 자라던 때는 제일 좋은 것을 차지하고 누리며 살아도 당연한 것처럼 생각했다.

결혼하고 직장생활하는 동안 첫째 아들은 친정에서 길러 주었다. 동생들은 불평 한마디 없이 동생이 하나 더 생겼다는 듯 내 아들을 귀여워하고 사랑했다. 동인재에서 동생들과 함께 살던 시절, 아들 이름을 부르려는데 입에서는 동생 이름이 튀어나오곤 했다. 동생들과 내 아들들을 같은 줄에 세워 놓고 엄마 마음으로 바라보며, 대견하다, 신통하다, 장하다, 고맙다, 속으로 칭찬하며 살아왔다.

물질에 연연해하지 않는다고 생각하면서도 많은 애장품을 모았다. 넘치도록 물질을 가져보았어도 속 허전함은 채워지지 않았다. 오히려 빠듯하게 생활할 때는 풍족하다 느끼기도 하고, 감사하다는 마음이 뒤따르곤 했다. 항상 자유를 갈구했다. 무엇으로부터의 자유인지를 콕 집어낼 수 없으면서, 자유를 찾아 방황하느라 몸과 마음이 지치고 고달팠다.

마음의 평화를 지키기 위해 불의한 이야기, 억울한 이야기는 들으려고 하지 않았다. 그래서 지금도 당파 싸움으로 악다구니를 쓰는 정치 뉴스는 듣기도, 보기도 싫어서 꺼버린다. 이렇게 부끄러움을 모르는 시궁창 같은 정치판은 역사 이래 처음인 것 같다. 자라나는 아이들이 보고 배울까? 참으로 염려된다.

시간에 인색해서 내 시간 방해받는 것을 싫어했다. 내 시간과 마음의 평화를 지키기 위해 깍쟁이로, 이기주의

자로 살아왔다. 세파에 부딪히며, 내 모양은 몽돌같이 두루뭉술하고 펑퍼짐해졌고, 매사에 무감각해졌다. 그래도 사그라지지 않는 불꽃이 있어 오늘도 감사하며 즐거움을 만끽하고 있다.

시간이 흐르며 역사가 바뀌고 시간을 담고 있던 공간이 자리를 옮기는 동안, 하나님의 경륜은 차곡차곡 이루어져 왔음을 깨달을 수 있었다. 죽은 뒤에 심판대 앞에 서기 전에, 자기가 쌓은 업은 어떠한 모양으로라도 현세에서 받고 있음을 확인했다. 가장 견디기 어려운 것은 수시로 후회되는 마음이다. 좀 더 후하게 베풀지 못했음을, 따뜻하게 대하지 않았던 마음이, 매몰차게 거절했던 오만함이 후회되고 또 후회되어 괴롭다. 인간의 놀라운 적응력, 어떠한 환경에 놓여도 절망하지 않고 희망을 품고, 기쁨을 찾아내고, 감사하는 마음을 품을 수 있는 것은 창조주의 각별한 선물이었다. 어느 것 하나도 그저 우연인 것은 없었다. 누구도 무의미한 존재는 아니었다. 하나님의 부름에서 도망칠 수 있는 생명은 하나도 없었다. 자연은 평화와 자유의 근원이었음을 발견했다. 삶의 계획표를 짜고 상황에 따라 최선을 다해 노력했지만 모든 것은 신의 시간표대로 이루어졌음을 깨달았다.

피리이고 싶었지만 너울거리는 마른 갈대

글이 써지지 않아서 한없이 작아지고 무력한 자신을 추스를 수 없었을 때, "이 세상에 흥미롭지 않은 사람은 없다, 각 사람의 운명은 행성의 역사와 같다, 그 자체로 특별하지 않은 행성은 없으며, 어떤 두 개의 행성도 같지 않다."는 예브게나 옙투셴코의 시를 읽으며 위로를 받고 용기를 얻었다. 돌멩이를 하나씩 자세히 들여다보면 각각의 모양이 신비롭고 흥미로웠다. 그 안엔 시간이 만들어 낸 흔적들, 색깔도 모양도 단단함도 촉감도 모두 같지 않았다. 이제는 사람들의 모습에서 신비롭고 귀한 진수를 발견한다. 생애가 짧았던지 길었던지, 업적을 이루었던지 그림자처럼 살았던지, 일생을 살아오면서 쌓아온 형상을 보면 다 위대해 보이고, 귀하고, 존경스럽다.

동분서주하던 발걸음을 멈추고, 구렛들 같은 글방 연당운창然堂芸窓에 들어앉아 우주의 속삭임에 귀를 기울였다. 장소와 시간이 쌓아놓은 기억을 하나씩 꺼내어 빛을 쏘이면서 부끄러운 고백을 시작했다. 아름다운 선율을 퍼뜨릴 수 있는 피리이고 싶었지만 너울거리는 마른

갈대였음을 자인하지 않을 수 없다. 권이영 시인의 「자화
상」이란 시에서 오늘의 나를 본다.

자화상

피리이고 싶은
이제는 마른
갈대
갈바람에 너울너울
춤을 추랴
황홀한 황혼의
꿈을 꾸랴
피리이고 싶은
마른
갈대

—권이영 「자화상」

메마른 갈대의 불협화음이지만, 아침마다 눈을 뜨면서
설레는 것은 글을 쓸 수 있는 시간과 공간이 기다리고 있
어서이다. 이 글은 내 아이들에게 들려주려고 쓰기 시작
했다. "삶은 언제 풍랑이 일어날지 알 수 없는 험난한 바
다를 떠도는 조각배"와 같다. 그럴지라도 바르게, 당당하

게, 지혜롭게, 부끄럽지 않게 모든 상황을 즐기며, 마음 껏 누리며, 두루 베풀며 살아가기를 바라는 염원을 담아 그들에게 이 글을 남긴다. 정보 데이터가 종교처럼 우주 를 지배하게 될지도 모를 훗날엔, 인간의 경험과 감성의 뼈아픈 기록들인 이 글은, 우주의 흐름 속에서 한순간의 파장이었다고 여기게 될지도 모르는 일이다.

발로 걸어서 명절이면 찾아갈 수 있는 땅이 고향이라 면 나에겐 고향이 없다. 내 조상이 살던 곳은 두 동강 난 북한 땅이 되어 미사일을 발사하는 터전이 되었다. 내가 태어난 우란호트는 멀고먼 곳, 중국 북쪽 땅이다.

종착역을 향해 걷고 또 걸었다. 시간도 장소도 없는 곳, 그곳이 우리가 찾아가야 할 본향이 아닐는지? 인간은 태어나면서부터 디아스포라 인생이다. 태초에 인간이 자 유를 구가하다가 에덴동산에서 쫓겨났으니, 육신이 흙으 로 돌아가는 날까지, 우리는 디아스포라의 길을 가고 있 는 것이 아닐까?

신의 시간표

초판 1쇄 발행   2024년 6월 29일

지은이 | 허숭실
만든이 | 이한나
펴낸이 | 이영규
펴낸곳 | 도서출판 그린아이

등록 연월일 | 2003. 12. 02.
등록 번호 | 제2-3893호
주소 | 서울특별시 은평구 녹번로 6-11, 201호
전화 | 02)355-3035
이메일 | gmh2269@hanmail.net

ISBN 979-11-91376-34-0(03810)